小白马

奇迹水晶球

[英]凯瑟琳·道尔 著

刘芳 译

黑龙江少年儿童出版社

黑版权审字 08-2021-103 号

图书在版编目（CIP）数据

奇迹水晶球 / （英）凯瑟琳·道尔著 ；刘芳译. --
哈尔滨：黑龙江少年儿童出版社，2022.5
ISBN 978-7-5319-7482-6

Ⅰ. ①奇… Ⅱ. ①凯… ②刘… Ⅲ. ①儿童小说－长
篇小说－英国－现代 Ⅳ. ①I561.84

中国版本图书馆CIP数据核字(2022)第005892号

奇迹水晶球 QIJI SHUIJINGQIU

[英] 凯瑟琳·道尔 著 刘芳 译

出 版 人：张 磊
出 品 人：李国靖
特约监制：陈美珍
责任编辑：何 萌
特约策划：韩 优
特约编辑：韩 优
封面设计：殷 舍
封面绘制：马天鹤
版式设计：彭 娟
版权支持：程 麒
出版发行：黑龙江少年儿童出版社
　　　　　（黑龙江省哈尔滨市南岗区宣庆小区 8 号楼 150090）
网　　址：www.lsbook.com.cn
经　　销：全国新华书店
印　　刷：三河市金元印装有限公司
开　　本：880mm × 1230mm　1/32
印　　张：9.25
字　　数：110 千字
书　　号：ISBN 978-7-5319-7482-6
版　　次：2022 年 5 月第 1 版
印　　次：2022 年 5 月第 1 次印刷
定　　价：35.00 元

送给路易斯，
我的专属"马力"

目录
Contents

目录
Contents

马力最后一刻的奇迹

　　乔治·毕晓普并不怎么擅长伪装，不过他倒是知道假胡子该怎么贴。他用手指沿着上嘴唇按了按，一边学着邦德在反派角色中的样子自信地抚平小胡子，一边说道："窍门就是不能打喷嚏。"

　　假胡子是用金属丝制成的，在暮色之中，它在弗洛奶奶的眼中闪闪发光。她轻拍了下自己的鼻翼，说

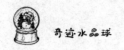

道："乔治，说到伪装，魅力才是关键。"

海德公园的圣诞集市仿佛一座宏伟的大都市展现在他们面前，在熙熙攘攘的人群中，童话般绚丽的灯光冲乔治眨着眼睛。

"请叫我榭寄生马普尔，"弗洛奶奶一边说着，一边兴奋地加快了脚步，"我是不是跟你讲过，我们一定会找到的？"

乔治笑着说道："好吧，这也没全藏起来呀——"

突然，一阵响亮的喊声把正在说话的他吓了一跳。当一个肩膀宽阔的商人从他们身旁推搡着挤过去的时候，乔治嘴角的笑容消失了，黑色外套的衣尾在风中摇曳着。

乔治紧张了："那是——"

弗洛奶奶将一只胳膊从他的肘弯穿过，挽着他说道："亲爱的，他绝对不可能在这里找到我们，尤其是今天。而且你还精心伪装过，这就更不可能了。"

乔治松了一口气，弗洛奶奶说得对。12月23日

这一天的傍晚，他爸爸正在工作。就和一年当中的任何一天一样，无论下雨还是晴天，周末还是工作日，节假日还是能被计算薪酬的每一分钟，他都在工作。雨果·毕晓普绝不可能走出他的办公室，尤其是圣诞节，这个满世界都充满节日氛围的时候就更不可能了。

头顶上，奶瓶状的云层密布，预示着要下雪了。空气中弥漫着肉桂的香气，乔治深深吸了口气，跟随香气穿过了集市的大门。

他在圣诞集市里玩得很开心，塞了一肚子的肉饼和棉花糖。还有那种金属丝小胡子给他带来的满足感。"我想我会一直戴着它的，"他在摩天轮上对弗洛奶奶说，"我觉得这很重要。"

"你看上去确实有那么一点儿像克拉克·盖博，"弗洛奶奶塞了一嘴的软糖，"他可是我最喜欢的一位电影明星，"弗洛奶奶停了停，又接着说道，"或者至少像一把节日里用的那种扫把柄。"

弗洛奶奶调整了一下自己精心挑选的圣诞饰

品——一枚冬青发卡，上面还装饰着鲜红色的浆果和绿叶。发卡刚好卡在她的左耳上方，衬得她绿色的眼睛更明亮了。就像……假的一样。

过了几个钟头，月亮爬上靛蓝色的天空。他们都逛累了，双腿跟灌了铅一样。弗洛奶奶把一张5英镑的钞票塞到了乔治手里。"你为什么不去吉诺家买杯热巧克力呢？"她指着一排可以看到旋转木马的小木屋说道，"给我留一块棉花糖。我要去买一杯热红酒，或者三杯。"

乔治已经跑开了。他本以为吉诺家的热巧克力店是这条小街的最后一家，但当他走到那里时，他发现它的后面还隐藏着另一间小屋。除了门上歪歪扭扭的招牌，没有其他装饰。

牌子上写着：

马力的圣诞奇迹

下面还有一排精美的小字：

成年人禁止入内，自己想去吧！

他推开门时，门上的铃铛发出了叮咚的响声。

乔治惊奇地发现这个房间比他想象的大得多。这里看上去很舒服，地板上铺着新鲜的松针，所以这家店散发出一种冬青树的味道。往上看，低低的天花板上挂着花环形状的仙女灯，灯光昏暗。

一个男孩儿和一个女孩儿正在门边的架子上争吵，他们看起来比乔治要小一点儿。

"妈妈对太妃糖过敏，你个笨蛋。"

"你说的那是牛轧糖。这完全不是一回事。"

在商店里面，一张堆满书的木桌子后面，一位老人正坐在那里看报纸。他的眼镜就架在鼻尖上。

他越过书堆望着乔治。

乔治举起一只戴手套的手向他挥舞致意："呃，

您好。"

那位老人——乔治猜想他应该就是马力——皱着浓密的眉毛看着他问："多大了？"

"啊？"乔治轻手轻脚地走了过去，一群孩子正围在商店中央的一张桌子旁边，兴奋地叽叽喳喳说个不停。

"十岁。"乔治告诉马力。

"还有呢？"老人催促道。

"十岁……零四个月？"

马力轻轻拍了下自己的上嘴唇说："对于一个十岁零四个月的孩子来说，你这脸上的毛发数量也是相当罕见了。我不是说从来没见过啊……"他满脸疑虑地眯着眼睛补充着，"就像紫色的驯鹿一样少见。"

"没有紫色的驯鹿。"乔治说。

马力盯着他问道："什么意思？"

乔治有些尴尬地换了个话题："这胡子是假的，就是金属丝。"

"我知道。"马力不服气地说。

乔治被报纸上的日子弄得有些摸不着头脑。"1843年？"他眯着眼睛想要确定一下，"您为什么要读1843年的东西呢？"

"我更喜欢古典文学。"马力说道，他的语气很明显地传达出了这个意思。

"呃。"沉默蔓延开，乔治被马力突然间散发出的灼人目光吓呆了。直到老人打了个哈欠，才把注意力转回到1843年这件事上。"你肯定是十岁四个月，"他不在意地挥了挥手说，"幸运饼干是免费的，每个孩子可以拿一枚。其他东西都是要钱的。"

"好的，谢谢您。"乔治慢慢走到商店中间的那张桌子旁边，从两个肩膀中间探出头去，看见了一堆摇摇欲坠的圣诞幸运饼干。

一个红发女孩儿刚刚拆开了一个，里面是一个旋律优美的八音盒。她的姐姐也拆开了一个幸运饼干，一只蝴蝶从里面飞了出来。它在人群中飞来飞去，翅

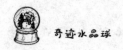

膀上还闪耀着金银相间的光芒。

在她们旁边，一对大眼睛的兄弟正在看微型望远镜。

"我在望远镜里看到了一只鲸鱼！"哥哥一边眯着眼睛贴在目镜上，一边激动地说，"你看见什么了？"

"大理石。"弟弟闷闷不乐地说着。他突然僵住了，紧接着，他的声音高了一个八度，"不，等一下，是行星。我的望远镜里能看到整个宇宙！"

乔治将自己淹没在人群中。他激动得心脏都要从胸口跳出来了，他从那堆幸运饼干中抽出了一个鲜红色的，然后把它撕开了。

嘭！

当他把幸运饼干倒过来摇晃的时候，其他人不约而同地转过头盯着他看。

摇晃。

摇晃。

接着摇晃。

"你现在可以停下来了。"那个红头发的女孩儿眼睛睁得圆圆的，一脸同情地看着他说，"是个吝啬鬼。"

乔治皱起眉头，看着他的空心幸运饼干问道："什么是吝啬鬼？"

女孩儿指了指幸运饼干，幸运饼干在乔治手中已经失去了光泽。"这是一枚空心幸运饼干。"她说着，注意力已经转移到了她的八音盒上，"你的运气不太好。"

乔治将幸运饼干放下，他的目光被桌子上的小牌子吸引了。

请严格遵守每名儿童一枚幸运饼干的原则。

警告：内含吝啬鬼，概率随机。

不保证满意度。

"这不公平。"乔治嘟囔着，不过其他人已经没有在听他讲话了。他们又开始惊叹于自己的好手气，

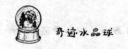

只留下乔治自己那五味杂陈的好奇心。

他缓步走开。当他停在一个叫作"韵律"的架子前时，一排蓝眼睛的摇摆木马和他对视，架子里还摆着数量颇多的铃铛。

在它下面，一个叫作"把戏"的架子上挤满了戴着绿色帽子的木质小精灵。他们肩并肩地坐着，两条小腿在架子上悬着，宽阔的脸庞上有两只黑眼睛，咧着没有牙齿的嘴巴，露出了最灿烂的笑容。

"真是让人毛骨悚然。"乔治一边蹲下来，一边嘟囔着。

他发誓他听到了有人在回应，但他环顾四周却没有发现任何人。大多数孩子都带着他们的新玩具离开了，只剩下刚才争论不休的那对兄妹，他们一直在商店里。

乔治断定，一定是松枝下面的地板在吱吱作响。

"为什么不呢？"这个架子上涵盖了乔治见过的各种让人印象深刻的圣诞帽——有超大羊毛球的圣诞

帽，带着浓密胡须的圣诞帽，以及一圈又一圈，都绕到了天花板上的圣诞帽。这里还有闪亮的红鼻子，糖果手杖耳环，上面戴着金色铃铛的精灵鞋，还有各种尺寸的羊毛圣诞套头衫，其中一件小到可能只能容纳一只大黄蜂。

"可为什么……"

"我想你会找到答案的。"马力在报纸后面尖声说道，"蜜蜂可是一种代表喜庆的动物。事实上，很多动物都是。"

有那么一瞬间，乔治想着要是给小猫可可穿上圣诞套头衫会是什么样子，不过他已经能够想象到可可会多不满了。

他继续往前走，走过一罐一罐的"快乐果酱"（一次一勺量），一罐一罐的"健谈茶包"（仅限放学后使用）和成堆的"浴缸炸弹"（奢华却又无效），它们巧妙地排列在一个装满忧郁的薄荷糖（让你自己痛快地哭一场吧）的超大蓝色罐子周围。

　　"绝不可能"的架子上放着比乔治拳头还小的微型烟囱，每一个都是用真的砖做的。乔治发誓，他在其中一个烟囱里看到了一只黑色的小靴子在栅栏里晃来晃去，可是当他把手指伸进去时，它就不见了。在烟囱旁边，"不可思议"的架子上摆满了美味的零食：姜饼圣诞老人、肉桂饼干树和雪球形状的奶油蛋糕。它们闪闪发光的标签预示着每一口都令人愉悦，每一口都是圣诞节的味道。

　　乔治在一个叫"圣诞颂歌"的架子旁又碰到了那对争论不休的兄妹。他们正在研究架子上的一排玻璃小鸟，试图在知更鸟和夜莺之间做出选择。每当他们拿起一只来查看的时候，小鸟就会发出一阵悦耳的圣诞旋律。

　　在下面贴着"圣诞争吵"的架子上，同一组小鸟被触碰时则会发出愤怒或刺耳的尖叫声。乔治拿起第一只后，迅速将它放了回去，一边物归原位，一边嘟囔着"对不起，对不起，对不起，对不起"，直到那对兄妹不再瞪他为止。

后来他发现自己走到了"最后一刻的奇迹"的架子旁。

那上面有满满一架子的雪花水晶球。水晶球里面有教堂、房屋、城市或村庄，还有在如羽毛般柔软的雪中不停旋转的小人。乔治依次研究着，当他看到最后一个雪花水晶球时，他的呼吸都暂停了。

乔治用颤抖的手将它从架子上拿了起来，放在自己的鼻子前面仔细研究，里面有一个熟悉的身影。

"这不可能。"他低声说。

这一次，马力什么也没说。

乔治凝视着这个水晶球。一个歪斜的雪人也盯着他，雪人的一只眼睛是一粒蓝色纽扣，另一只像黄色的太阳。它的嘴是一串新月形的绿松石珠子——那是乔治妈妈的项链。它的鼻子是一根橙色的胡萝卜，球状的头上戴着一顶熟悉的墨绿色毡帽，帽檐已经磨破了。这是乔治爸爸的。

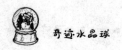

　　"乔治，这顶帽子可是我时髦时期的开端。"爸爸的声音回响在乔治的脑海中，"有时候，一点点色彩就能改变世界。"

　　乔治的气息给雪花水晶球笼罩了一层雾气。

　　这并非普通的雪人。

　　这是乔治堆的雪人。

　　平安夜的早晨，他们三个在奶奶的老房子外堆了这个雪人。他们运雪、堆雪、滚雪球，还做造型，欢声笑语不绝于耳。爸爸的鼻子冻红了，妈妈的手指也冻麻了。

　　"亲爱的，它看起来很像弗雷德，不是吗？"

　　"我们不完美的弗雷德。"

　　乔治的身后传来一阵铃声。

　　马力抖了抖他手中的报纸问道："多大了？"

　　"呃，十一岁。"

　　"十一岁多少？"

　　一个颤抖的声音回应道："十一岁零九个月。"

如果乔治当时没有沉浸在自己的回忆中，他也许能认出这个声音。

"这个小的呢？多大了？"

"克莱门特六岁了。"

这个更稚嫩的声音大得像雾号："准确地说是六岁零一天。"

克莱门特。

乔治没听过这个名字。

"我是摩羯座。和耶稣一样。"

马力看了看她，评估着："克莱门特，你确定你的真实年龄不是三十七岁吗？那边有个男孩儿还长了满脸胡子呢。这年头也看不出来人到底是多大了。"

小孩儿咯咯地笑着说："不是。"

之后除了好奇的沙沙声和两声令人满意的"嘭"声，只有两个全神贯注于圣诞幸运饼干的孩子在窃窃私语。

在商店的另一头，乔治一步都不敢动。他一动，

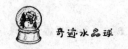

也许就会失去这一切——妈妈的笑声，那在他心灵最深处尘封已久的笑声。

有人轻拍了一下他的肩膀："乔治？"

乔治吓了一跳，差点儿把雪花水晶球摔碎了。他转过了身。

他的表姐冲他眨着眼睛。她比乔治上一次见到她时长高了一些，但她的头发还是那么卷曲，眼睛也还是栗色的。乔治在哪里都能把她认出来。

"波——波贝，"他激动地说，"你——你在这里干什么？"

"我真不敢相信，真的是你呀，乔治。"波贝难以置信地摇着头说，"竟然是在这里。我们没在这里见到过你……"她接着说道，脸上泛起了红晕，"嗯，自从葬礼以后。"

乔治真想找个地缝钻进去，然后把自己藏起来："是的……好多年了。"

"你好，乔治！"克莱门特出现在她姐姐身边，

挥舞着一束红色的箔纸向他打招呼，"你知道吗？我现在六岁了。"

乔治低下头看着他这位年龄最小的表妹。她的热情弥补了她缺失的门牙。她戴着一条满是松果图案的围巾，脸上都是笑容。"生日快乐，克莱门特。"

"乔治，你的脸上有条毛毛虫。"

乔治想到了自己脸上的小胡子，他感到一阵尴尬。他一使劲，把它撕了下来。

克莱门特尖叫了起来。

马力站起来的时候，椅子发出一阵刺耳的声音："狄更斯在那儿搞什么鬼呢？"

"没事的，克莱门特，"波贝镇定地说，"这是假的。"

乔治指了指克莱门特手里那张皱巴巴的箔纸。"你撕开饼干了吗？"他问道，轻松地转换了一个话题，"你得到了什么？"

克莱门特颤抖地吸了口气，点了点头。她将箔纸

剥开，露出一小片白色的雪花。"波贝说这叫永恒雪花。"她皱着眉头将它翻转过来，"我觉得这个不能吃。"她还咬了咬雪花的边缘，证明自己说的是真的，然后还做了个鬼脸，"它尝起来跟树一个味道。"

"我得到了一个自己制作的圣诞蛋糕。"波贝一边说着，一边举起一个硬币大小的冰冻圣诞蛋糕，"显然，只要加水就行了。"

乔治怀疑地看着那块小蛋糕。

"嘿，你还记得吗？有一年圣诞节你连续吃了四块蛋糕，后来不得不躺了一小时。"波贝说，"你完全没赶上玩'看图猜字'。"

乔治脸红了："是的，我记得。"

"你还画画吗？"她问，"你和你妈妈配合得真的很好。我们其他人一点儿赢的机会都没有。"

"不怎么画了，"乔治一边说着，一边努力回想着他最后一次尝试画画是什么时候，"现在很难想出什么东西了。"

"龙！"克莱门特大声说。

乔治笑了笑说："这是个好主意，克莱门特。"

克莱门特骄傲地笑着说道："乔治，你为什么消失了呢？我们都很想你。"

乔治的喉咙哽咽着，因为他很想说出来，我也想你们，你们所有人，还有嘟嘟，有时在夜里，我甚至想你们想到哭泣。"哦，呃。因为……"

"你得到什么了？"波贝尴尬地说。她指了指他手中的雪花水晶球问："那东西怎么能放进饼干里呢？"

"这个？不，不是的，这不是我的。我的饼干里什么都没有，我得到的是个吝啬鬼。运气真差。我只是随便看看。"乔治把雪花水晶球放回到架子上，瞥了一眼墙上高高挂着的布谷鸟钟，"我该走了，弗洛奶奶可能正在找我呢。"

"你现在还是不被允许和我们联系是吗？"波贝垂头丧气地说，"我很惊讶你今天竟然被允许到这

里来。"

"说再见从来都不是一件简单的事，乔治，"爸爸的声音在他的脑海中回响着，"但彻底告别能更快地治愈心灵。"

"很高兴见到你们俩。"当乔治穿过小屋木门时，他的牙齿撞到了自己的下嘴唇，只留下马力在身后盯着他的背影。

爸爸的声音再次响起："我需要你相信我，乔治。我知道什么对你好。"

吉诺的热巧克力店外，弗洛奶奶正在自顾自地转着圈。当她看到乔治的时候，她的脸庞都被点亮了，她的头发在黑暗中散发出一圈明亮的银光。

"你在这里！对不起我来得有点儿晚了，亲爱的。我在桥上碰到了玛莎，我发誓那个贪便宜的家伙就戴着我的新围巾。那是我上个礼拜落下的。"她皱着眉头，用浓重的爱尔兰口音诉说着她的愤怒，"只要我一不注意，那个女人都能把我手指甲上的指甲油偷走。我说

的是真的——哦，乔治，你的眼睛红了。你哭了吗？"

"我只是刚刚把胡子撕掉了，"乔治说着，把弗洛奶奶的注意力从马力的店上引开。空气中弥漫着甜甜的味道，这让乔治有些肠胃不适，他有些恶心，"我们回家吧。"

"乔治！等一下！"

弗洛奶奶回头看了一眼。"哦，"她说着，渐渐明白了，"亲爱的，你想要去看一下吗？我在这儿等着你。"

乔治费了九牛二虎之力，从一堆蓬乱的帽子和冻僵的脸颊中穿了过去。当波贝追上他时，她伸出手，那个雪花水晶球就放在她戴着手套的手掌上。"那个老头儿都不肯给我包装一下。他说他卖的是'奇迹'，不是'无聊'。很明显，这根本就不是一回事。"她耸了耸肩，低头看着自己的靴子说，"我身上只带了3.22英镑，但那个老头儿说这东西就是这个价钱，所以这感觉有点儿像是命中注定。刚才不好意思啊，我知道

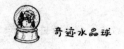
这不是你的错。乔治，圣诞快乐。"

乔治觉得自己像是吞下了一只拳头。他努力控制自己的情绪，说了句："谢谢。"

"你知道的，我爸妈一直希望你们能再来我们家过圣诞节，就像以前一样。你不考虑一下吗？"

"我们今年要待在家里，"乔治快速地说道，"不过，还是谢谢你们。"

波贝又耸了耸肩说："不管怎么样，还是跟你爸爸说一下吧。还有弗洛奶奶，我们也欢迎她一起来。不过，可可不可以。嘟嘟很怕可可的。"

乔治笑了笑说："是的，我记得。"

"你会来的吧，乔治？"波贝悄悄地问道。

"波贝，快来，我想吃软糖！"克莱门特的声音在集市的上空响起，把说话的两个人都吓了一跳。乔治还没来得及回答，波贝就转身走了。

他注视着表姐的背影，这时他看到了他的姨妈爱丽丝。她正和克莱门特，还有伊莱姨父站在旋转木马

旁，用和乔治妈妈一样的眼睛看着他。她的眼睛大而明亮，她的微笑——和乔治妈妈一样的微笑——是不自然的。

乔治最后一次见到爱丽丝姨妈时，她正挂着拐杖，左腿上缠着绷带，绷带一直缠到膝盖，脸上都是伤。那时的她根本不敢直视他的眼睛，她只是不停地摇着头，说着"对不起，对不起，对不起"，而乔治的爸爸则步履蹒跚，脸色苍白，赶走了每一个人。"请不要这样，爱丽丝。请不要这样。"

回忆让乔治战栗，他眨了眨眼睛回过神来，这才意识到伊莱姨父怀里还抱着什么东西——一捆毯子。

不，不是一捆毯子，是一个婴儿。

一位新表弟或表妹。

爱丽丝姨妈举起手想要和他打个招呼，但乔治已经转身离开了，断断续续的呜咽在他的喉咙中翻滚着。

"有些人最好留在过去，乔治。他们只会提醒我们失去了什么。"

当乔治离开亲人们，穿过人群的时候，他的胸口抽紧着，难以呼吸。

在回家的公交车上，乔治和弗洛奶奶像脱掉一件披风一样，将圣诞节的气息从他们身上剥离掉，他们扔掉了最后一根糖果棍，掸去了帽子上的糖粉。随着低沉的轰鸣声，公交车驶离了集市。这时，弗洛奶奶的手机响了起来，这场仙境冒险的魔法仿佛也消失不见了。手机铃声像警报声一样在空中盘旋，雨果·毕晓普的名字出现在了屏幕上。

乔治蜷缩进座位里。从爸爸第一次取消过圣诞节到现在，已经过去三年了。不只是圣诞树，还有圣诞袜和礼物。游戏、火鸡、肉汤、圣诞颂歌，甚至连电视广告都没有。他们不许谈论与此相关的任何事，就连自己提到也不可以。

"'圣诞节'结束了，乔治，再也不会来了。"

"没什么值得庆祝的了。"

乔治将双手插进自己的口袋里。再过两天，圣诞

节就要到了，他爸爸的心情还是和以往一样糟糕。乔治用手指轻轻碰了碰他新得到的雪花水晶球，"最后一刻的奇迹"的丝丝凉意掠过他的皮肤。

马力的魔法开始发挥作用了。

虽然乔治还不知道，但他很需要。

2

厨房里的吝啬鬼

乔治和弗洛奶奶回到家的时候，雨果·毕晓普正坐在厨房的餐桌旁等他们。灯光昏暗，炉火的光给他的脸蒙上了一层阴影。他穿着黑色的西装，浓密的眉毛和苍白的脸庞让他看上去像个幽灵，在黑暗中若隐若现。

"现在几点了？"他问道。

乔治慢吞吞地走进厨房，弗洛奶奶温暖的手搭在

他的肩膀上。那个笼罩在真假之间的午后，已经完全结束了。墙上的圆挂钟上显示着晚上九点零七分。"嗨，爸爸。"

"很抱歉我们回来晚了，雨果。我忘记时间了。"弗洛奶奶轻快地说，"你知道的，我跟松鼠一样容易分心。你等我们，还没吃呢吧？"

"我在公司吃了。"乔治的爸爸指了指他身后的烤箱，烤箱里的比萨正热着，包装散落在料理台上，上面用红色的大字写着"夏威夷盛宴"。"我想你们俩可能需要吃点儿东西。"他说，没怎么看乔治。

"哦，速冻比萨，"弗洛奶奶愉快地说，"真喜庆呀，雨果。"

可可被空气中新传来的声音召唤，从起居室走了进来，轻轻地蹭了蹭乔治的腿，好像在说"看看我，看看我"。乔治弯下身去在可可的耳朵后面挠了挠，弗洛奶奶走到烤箱旁，一边哼着小曲，一边把比萨拿了出来。

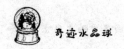

"妈妈。"乔治的爸爸严厉地说道。

她情不自禁地唱起了那首《祝你圣诞快乐》,音符随着烤箱里的蒸汽渐渐蒸发了。"对不起,亲爱的。我不是有意的。"

她把比萨放到桌子上,乔治的爸爸用轮刀像斧子一样穿过比萨,好像要把比萨下面的盘子也切碎一样。"乔治,给你一块菠萝多的。"他边说边把盘子推到了乔治面前。

乔治揉了揉鼻子,说道:"太棒了……"

爸爸心满意足地坐了下来。他开始浏览手机,屏幕的光映在他的眼睛里。冰箱嗡嗡作响,墙上的钟表嘀嗒嘀嗒地响着,响声很大。当乔治从他的比萨上把菠萝摘下来,想要喂给对此毫无概念的可可时,他发现自己有些想念马力店里的混乱,那才是节日的狂欢气氛。

乔治的爸爸对着手机上的什么东西皱了皱眉头,哼了一声。

弗洛奶奶把墙上的灯调得更亮了,乔治的爸爸突

然置于聚光灯下。"雨果，你今天怎么样？"她尖声问道，"你把匹克威克广场那些房客的问题解决了吗？就是你今天早晨六点大喊大叫的那个事情，当时我还以为你从马桶上摔下来了呢。"

乔治的爸爸头也不抬地看着手机说："妈妈，这种情况每年的这个时候都会出现的。人们觉得他们可以推迟缴房租，然后把原因归咎于节日。他们一定以为我是圣诞老人呢。"他把一只手伸进口袋，掏出一块硬糖，大声地吮吸起来。

乔治的爸爸是毕晓普房地产的主人。作为早已去世的创始人沃尔特·毕晓普的后代，雨果接管了这一切，他对待自己的工作就像可可监视他们的邻居杜比克先生一样认真。这些年来，繁重的工作在他的额头上刻下了新的皱纹，在他的黑发中点缀了几缕白丝。乔治常常想，这些变化是否真的因为他爸爸成功地经营着一家房地产管理公司，还是因为他试图用所有的电子邮件、电话和会议将自己填满，以此来摆脱不适

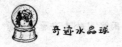

的生活。

"这很简单。如果你没有足够的钱来付房租，那就不要去买那些毫无意义的礼物，到了一月份就没有人会在乎那些了。"乔治的爸爸咆哮着，腮帮子都鼓了起来。

"有时候，小小的节日气氛可以让你一整年都充满欢乐。"弗洛奶奶一边说，一边将一缕头发别到了耳朵后面，"当然了，当我还是个小女孩儿的时候，我们可是连两个便士都没有的。我还记得那时我爸爸在都柏林的房子漏雨，为了接雨水，我们把所有的罐子都用上了。但我们还是努力搭起了一棵圣诞树，包装了一两件礼物——"

"妈妈。"乔治的爸爸指责地用手指指着她的头发，"您知道的，您不应该戴那个东西。"

在圣诞集市上，这个发卡看起来一点儿都不奇怪。但在这里，在厨房的灯光下，圣诞气息像污垢一样从料理台上被清理掉，装点着珠宝的冬青发卡像一根酸

痛的拇指一样突兀。

弗洛奶奶从头发上将发卡取了下来，惊讶地眨了眨眼睛："咦，这东西是怎么到我头上的呢？"

"您知道我对这些东西的看法。"乔治的爸爸粗声粗气地说。

弗洛奶奶将发卡翻过来放在手上，对乔治的爸爸说："雨果，这只是个发卡。我还是个小姑娘的时候就有了。"

乔治更仔细地看了看那枚发卡——闪闪发光的宝石，闪闪发光的发箍。它看起来像是全新的，但已经有几十年的历史了。

"我知道，妈妈，"乔治的爸爸疲倦地说，"但您能照我说的，把它放在您的首饰盒里吗？我们家不过圣诞节。我们认为这样是最好的。"

"我不记得答应过什么。"乔治抱怨道。

"那时候你整个人都很沮丧，几乎不跟任何人说话。我必须做出正确的决定。"他目光尖锐地看着弗

洛奶奶说道，"为了我们所有人。"

"好吧，也许现在是重新考虑这个决定的时候了，雨果。"她小心翼翼地说，"明天我们可以一起过，一家人再次一起庆祝平安夜，建立新的传统……"

乔治的爸爸咬牙切齿地说出了一句谎话："我们这样很好，妈妈。"

"我们不好，我们都冻结了。"弗洛奶奶用手扫了一圈空荡荡的墙壁和寂静的房子，"看在上帝的份儿上，亲爱的。一点儿圣诞气息是不会害死任何人的。"

乔治爸爸的拳头猛地敲在了桌子上。木桌面颤抖着，比萨的碎屑从盘子上跳了起来，仿佛想要逃跑一样。可可跑到了乔治的椅子下面。

"格丽塔是在圣诞节去世的，你忘了吗，妈妈？"他咆哮着，"只要我还活着，我就不会过圣诞节，乔治也不会。那之后他好几个月都睡不着觉，您都不记得了？"

乔治的手颤抖着，他的下嘴唇也在颤抖。他的胸

膛里有一团火在熊熊燃烧，他拼命地想要把它掏出来。

"我当然记得，雨果。我就是因为这个才搬进来的。"弗洛奶奶平静地说，"所以我宁愿和你们俩在一起，也不愿回到那个四处漏风的旧农舍里，被那些可怕的回忆包围。"她使劲眨了眨眼睛，"但已经过去三年了，我们不能就这样一直把自己关起来——"

"现在你想要把那个可怕的圣诞幽灵再次邀请到我们的生活中来？"他厉声说道，好像他一个字也没听到，"不，绝对不行。只要您住在这里，我就谢谢您，请不要让这件事发生在这间房子里和您的头上。这就是最后的决定。"

弗洛奶奶张了张嘴，然后什么都没说，又闭上了。一阵沉默过后，乔治的爸爸重重叹了一口气。弗洛奶奶似乎要放弃了，她肩膀耷拉着，把冬青发卡塞进了羊毛衫的口袋里。"好吧，雨果。"她叹了口气说，"我们就照你说的做。"

乔治的爸爸哽咽了。那一瞬间看似已经过去，但

它却残留下一道黑影，萦绕在乔治的心头。也许是一种突如其来的勇气，又或是他看到奶奶在他身边像一朵花枯萎的样子，在那一刻，乔治突然决定了，他受够了。

他猛地将椅子从桌子旁推开，大声说道："别对奶奶大喊大叫。她只是想帮忙。"

"吃你的晚饭，乔治。"

"我不饿。"

"你就只吃了一块而已。"

"我讨厌菠萝比萨。"乔治对着爸爸皱起了眉头，"还有，我讨厌你对奶奶发脾气的样子。"

"够了，乔治。你很清楚圣诞节才是导火索——"

"你错了！"乔治跳了起来，椅子"哐当"一下翻倒在地，"妈妈是在平安夜去世的，但杀死她的并不是圣诞节。是冬天，是结了冰的道路，是大雪，是坏了的轮胎，还有坏运气。"

"如果不是她和爱丽丝坚持要去商店买那个该死的杏仁糖——"

"妈妈比任何人都爱圣诞节。她活着的时候，你也很喜欢的。"乔治的喉咙哽咽了一下，接着说道，"我觉得奶奶喜欢什么发饰都可以。她想唱什么歌就唱什么歌。然后——然后——然后——"他用颤抖的嘴唇吸了口气，接着说道，"如果你不喜欢，你就是个——是个——是个——吝啬鬼！"

乔治的爸爸站了起来，但乔治已经转身从他身边走开了。他冲出厨房，可可紧跟在他身后。在他坚定的脚步声中，他只能从父亲的声音中听出一丝困惑。

"吝啬鬼是什么玩意儿？"

"雨果，我想应该是一个空的圣诞幸运饼干，"弗洛奶奶叹了口气回应道，"完全没有快乐可言的东西。"

"哦。"乔治的爸爸说。还没等他再说些什么，乔治就"砰"的一声关上了卧室的门，用后背抵在房门上。

他滑倒在地板上，眼泪顺着脸颊淌了下来。

3

夜宵

过了一会儿，有人敲乔治卧室的门。房门"嘎吱"一声被打开了，乔治翻身从地上站了起来，愤怒地用袖子擦着自己的脸。

一只纤巧的手从门缝中伸了出来，将一条白色茶巾像一面旗帜一样挥舞着。"我可是为了和平而来的。"

"您带零食了吗？"乔治满怀希望地问。

　　弗洛奶奶戴着眼镜，顶着银色卷发的脑袋出现在乔治面前，她说道："当然了。"就好像这是世界上最显而易见的事情一样。她的眼睛在镜片后面显得更加明亮，但眼睛周围的皱纹也更深了："亲爱的，你的声音听起来有点儿闷闷的。你还好吗？"

　　"我很好，"乔治清了清嗓子说，"我正准备刷牙呢。"

　　"哦，太好了。我来得太是时候了。"弗洛奶奶溜进卧室，手里还拿着一盘刚用烤箱加热过的肉馅饼。

　　乔治的胃饿得咕咕叫："你是怎么从爸爸身边溜出来的？"

　　"乔治，你如果在军情六处做过三十多年密探，也会学到一些的。"

　　"我还以为你以前是个音乐老师呢。"

　　弗洛奶奶傻笑着问："我吗？"她用屁股顶了一下，将卧室门给关上了。"不管怎么说，既然你现在已经看到我的违禁品了，我想最明智的办法就是销毁证据，

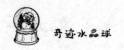

你同意吗？"

　　乔治已经把他的羽绒被拖到了地上，还在上面堆了好几个枕头。"看着点儿前面的路。"他一边说着，一边瘫坐在地上。

　　他们背靠着乔治的床坐着，双腿像布娃娃一样胡乱地踢着。这是个色彩缤纷的房间。这是乔治和他妈妈一起粉刷的，他们选择了自己能找到的最亮眼的蓝色作为墙壁的颜色，那时乔治负责抓着梯子，而他妈妈则靠在梯子上，向后倾斜着身体，在天花板上画上了银河系。

　　现在每天晚上，星星都在乔治的头顶闪烁着，他总能想起她。

　　弗洛奶奶将手伸进口袋，拿出了六根手指巧克力饼干。

　　"别说我不宠你哈，"她说着，将偷拿的巧克力饼干也放到他们的"战利品"中，"这里应该有足够多的甜食来让我度过这个晚上。"

乔治笑着吃着他的肉馅饼，脸颊鼓得像一只仓鼠：
"你知道，就夜宵而言，这还不算太糟糕。"

"啊，这是每个奶奶都想听到的反馈，"弗洛奶
奶飘飘然地说，"还不算太糟。"

这时，外面传来一阵响声。从远处传来的脚步声
在走廊回响着，还夹杂着关门的声音。乔治又咬了一
口手中的馅饼，以此来掩饰他的失望之情。"他应该
尽可能睡久一点儿，睡到圣诞节过完。他只会让大家
的心情更糟糕。"

奶奶抚平了他耳边翘起的一缕头发，对他说道：
"我替你爸爸向你道歉，乔治。他今晚不应该把气撒
在你身上的。"

"他也不应该拿你出气的，"乔治说着，那股
熟悉的怒火让他挺直了脊背，"你为什么不冲他吼回
去呢？"

弗洛奶奶仰起了头。"我想这是因为，尽管你爸
爸也不小了，我也老了，但不管他多大，他仍是我的

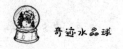

儿子，乔治。而且他也是受害者，他害怕想起你的妈妈。"她的眼睛湿润了，"这是对一切的极度恐惧。为了找到出路，他可以把自己扭曲成任何样子。愤怒，逃避，粗心大意。"她从盘子里拿起一块肉饼，在手里翻了个个儿。"对圣诞节完全不理性的蔑视。"

"所以，他并不是真的讨厌圣诞节？"乔治不确定地问道。

"我想他是讨厌这段时间让他想起的事。"弗洛奶奶简短地回答着，"不过我想，到头来，都是一样的。"

"是的。"乔治揉了揉自己憋闷的胸口，而弗洛奶奶则轻轻地抚摩着他的后背。慢慢地，乔治那只紧握着的拳头松开了，他觉得自己又可以呼吸了。

在这顿午夜盛宴结束后，是一段长久的寂静。弗洛奶奶开始轻声唱起了歌。多年来，她的声音响彻了学校的体育馆、教堂、音乐厅和各大剧院。在传统节日里，她的声音曾徜徉在许多美丽的街角的咖啡馆，

以及都柏林的每一家有驻唱的酒吧里。

后来她搬到了海峡对岸，和乔治的爷爷在伦敦开始了新的生活。尽管她的丈夫在乔治的爸爸还是个小男孩儿的时候就去世了，但弗洛奶奶从未放弃过，一直坚持在唱歌。

乔治永远也无法理解她是如何坚持下来的。他的床头柜里塞满了旧的写生簿，但是很久以前他就没有灵感了。他的美术创作，和其他大多数事物一样，似乎只属于过去。

他甚至不再和学校里的朋友们来往，不再参加周末的足球训练，也不再和本还有萨米尔一起去游乐场，取而代之的是他一个人用 PS4 玩单人游戏，在阁楼上妈妈最爱的那把破旧扶手椅上看漫画。

一曲结束时，夜宵只剩下一根手指巧克力了。乔治把它递给了弗洛奶奶。

她把巧克力掰成两半，将一半递回给乔治："给我的同谋。"

她从地上爬起来，在他的头顶上吻了一下："不会永远这样的，亲爱的。我保证。"

乔治真的很想相信她。

"只要有一点点可能，就会有希望。"弗洛奶奶笑着说，"事实上，我有一种很有趣的预感，圣诞节很快就会回到我们身边。"她把手伸进口袋，将马力的雪花水晶球递给乔治，"这倒提醒了我，我之前从你外套的口袋里偷拿出来的。我觉得睡觉的时候在房间里增添一点儿喜庆的气氛没什么坏处。"

乔治感激地接过雪花水晶球："谢谢，奶奶。"

她快步走进黑暗中，边走边说着："做个好梦，乔治。愿他们幸福快乐。"

吃得饱饱的，也饱了耳福，乔治换上睡衣去刷了牙。当他快要睡着的时候，又有人来敲门了。这一次，门没有被打开。"砰"的一声，是额头撞在了门板上。"乔治，我想今晚让我们有隔阂了。对我来说，每年的这个时候是最难的。还好过几天就结束了。"爸爸的声

音非常低沉，乔治得使劲才能听清，"我希望你知道，我这么做是为了你好。希望你睡个好觉……也许你已经睡着了。无论如何，晚安，儿子。"

在这漫长的三年里，这是雨果·毕晓普给他儿子的祝福里最接近"圣诞快乐"的一次。

乔治在床上翻了个身，把羽绒被往上拉了拉。

还不够近。

4

坚持不懈的雪花水晶球

凌晨十二点三十三分，乔治突然醒了。他睁开眼睛，看到一团灰色的皮毛和一根尾巴正压在他的太阳穴上。可可又在他头上睡着了。他用手肘把它推开，坐了起来。床头柜上，马力家的雪花水晶球正在发着光。乔治仔细检查着水晶球，困惑地皱起了眉头。他没想到这还是一盏小夜灯呢，但这个小东西，确实让他的

卧室沐浴在一片柔和的灯光里。

太奇怪了。

他耸了耸肩，穿上蓝色的睡衣和灰熊拖鞋，把水晶球拿了起来。

当他走过走廊时，雪花水晶球就放在他的贴身口袋里，可可还疑惑地用小爪子拍了拍。雨果·毕晓普的鼾声在他们身后回响着，给屋子蒙上一层下着雨般的朦胧氛围。鼾声跟着乔治一路到了起居室，窗帘拉开着，月光透过窗户洒在地板上。云层终于放弃了漫天大雪，让圣诞节的光芒洒在伦敦上空。

乔治把额头贴在窗户上。从他记事起，他就住在埃比尼泽大街 7 号，这是一排整齐的白色房屋，它们全都朝着同一方向，注视着同一个公园。因为圣诞节的到来，公园被装饰一新，铁艺栏杆上挂满了闪烁的彩灯。在公园的中央，一棵高耸的常青树上点缀着红色和金色的小饰物。通常，当爸爸加班到很晚才回家，而奶奶又去打桥牌或是参加唱诗班，抑或有什么别的

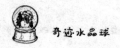

计划时，乔治都会在这里站一会儿，想象着这棵大树是属于他的。可它实在是太大了，他们家的客厅根本装不下。

今晚的公园看起来就像是故事书里才有的模样。尽管已经很晚了，但乔治还是看到一对年轻夫妇在绿树成荫的小路上散步。在养小鸭子的池塘边上，杜比克先生斜靠在长椅上，头向后仰着，看着没有星星的夜空。他正在用舌头接雪花。

可可也停下来，趴在窗台上，看到这一幕，它发出了疑惑的呜咽声。

雪花水晶球在乔治的口袋里变得温暖起来。他伸手把它掏了出来，它比之前更亮了。乔治皱了皱眉头，把它翻了个个儿，想要找到它的开关。

没有开关。

他凝视着那个熟悉的小雪人。他开始感觉到，这一切似乎并不是巧合，而更像是……嗯，别的什么。

"我有时会梦见你，"他低声说着，思绪从漫天

飘雪的窗外飘回了自己的脑海，"我们堆雪人那天，
是我最后一次听到爸爸的笑声。"

那天晚上，乔治的妈妈去世了，爸爸的整个世界
都坍塌了。

乔治瘫坐在沙发上，可可跳上去卧在了他的腿上。
他就这样凝视着水晶球。

"我希望爸爸还能记得那天的感觉。"

可可把小爪子贴在水晶球上，好像在说："我也
希望如此。"

壁炉上方，一幅庄严的油画俯视着他们。沃尔
特·毕晓普——乔治的高祖父，也是毕晓普房地产的创
始人。在乔治的记忆中，他一直占据着埃比尼泽大街7
号的客厅中最重要的位置。画中的他站在田野里的一
棵高大的橡树下，肩膀上还斜挎着一支猎枪。

在墙壁的其他位置，有一个白色的方格标，那是
妈妈的艺术作品曾经挂过的地方。妈妈天生就对色彩
敏感，难怪她会成为一名插画师。乔治的姨父伊莱曾

说过，只要吉尔哈特姐妹愿意，就能迷倒眼镜蛇，让皇宫守卫捧腹大笑。曾经，乔治妈妈的作品像魔法一样将整个房子塑造得极具个性。而现在，那些东西都被收到了阁楼上，和旧衣服、照片、她最喜欢的书、椅子，还有珠宝一起被打包了起来。

一声猫叫将乔治的注意力重新拉回到雪花水晶球上。水晶球在他的手中闪闪发光，就像一个微型月亮，水晶球热得就像一个烫手的山芋，他不得不将它从一只手换到另一只手。水晶球在他的手中抖动着。雪花围着微笑的雪人旋转，落在它的绿帽子上。突然，一道猛烈而刺眼的光一闪而过。

乔治喘了口粗气。他先是把雪花水晶球放在手里转了转，然后又摇了摇，可这次什么也没有发生。

即便如此，他还是在等待着。

等待着。

"真奇怪。"

可可拱起背，从沙发上跳了下去，跑开了，它显

然有些无聊。乔治不情愿地把水晶球塞回到睡衣口袋里。他把沙发靠背拉下来，蜷缩在垫子下面。

很快，困惑变成了疲倦，乔治的眼皮在寂静中变得沉重起来。

雪花打在玻璃窗上发出的啪嗒声很快伴着他睡着了。他睡着了，没有发现魔法正从他的睡衣口袋里蔓延开来。当乔治梦见起伏的田野和跳舞的雪人时，马力的魔法变成一缕银色的烟雾从雪花水晶球中倾泻出来。它飘浮在壁炉上，像手指一般蜷缩在镀金的肖像框下。可可睁大眼睛盯着开始闪烁的天空，时间的结构和可能性正在发生着细微的变化。

远处的雪地上，时钟的钟声在子夜一点时响起。

与此同时，在埃比尼泽大街 7 号的客厅里，油画中的沃尔特·毕晓普伸出手，将领带拉直。

5

最意想不到的访客

　　大约过了三分半钟，乔治被一声叫喊吵醒了。

　　"嘿！你在哪儿呢！"一个洪亮的声音说道，"那个睡醒惺忪，头发凌乱，口水直流的男孩儿。是的，是你，说的就是你。擦擦你的下巴，让自己看起来精神点儿。我需要你的帮助，如果你不介意的话，最好快一点儿。"

乔治一下子从沙发上坐了起来，眨着睡意未消的眼睛。他环顾四周，想在黑暗中寻找一个人影。"爸爸？是你吗？我看不见你。"

"在这里，小伙子。"那个声音不耐烦地打着响指说，"跟着我的声音来。"

乔治抬起下巴，仰着头，发现壁炉架上正蹲着一个成年男子。他的手臂在黑暗中胡乱地挥舞着。

"现在看到了吗？"他摇晃着手指说，"一点儿也不难，对吧？"

乔治一下子从沙发上跳了起来。"你——你——你是谁？"他一边结结巴巴地说着，一边向后退，"你——你是怎么进来的？我要叫警察了！"

"你敢！"那个男人的胡子因愤怒而抽动着，"我一直都住在这里。"

雪花水晶球热得发烫。它被乔治压在了屁股下面，以奇特的方式证明着它的存在。

就在这时，乔治发现那个人的另一只手臂被卡在

了画里。

"不可能。"他蹑手蹑脚地走近，那个蜷缩着的身影全部暴露在了他的视野里——他那蓬松的黑发半藏在平顶帽子下面，猎枪松松垮垮地挂在他的肩上。乔治倒吸了一口冷气，像有人掐了他一下似的。"等一下……"

"我快不行了，孩子！这才是问题的关键。"

"您是沃尔特·毕晓普？"乔治问，眨巴着大眼睛想要个准确的回答。这是不可能的问题，可他越靠近，看到的就越多。近看，那人的脸模糊得很奇怪。即使在昏暗之中，纹理看起来也并不像是皮肤，更像是……嗯，油彩。

"答对了，神探夏洛克，"那人不耐烦地说，"你没有在这幅画里藏别人吧？"

乔治伸长了脖子。那幅油画现在几乎空空如也。沃尔特·毕晓普现在像只苍蝇一样被困在他的画框中，里面只剩下他的左臂和左脚的靴子。乔治发誓，他突

然感到一阵微风从自己的身上吹过，当他再次眨了眨眼睛的时候，还听到了橡树叶子在沙沙作响。

"这真的太诡异了，"乔治一边说一边揉眼睛，想要确认这一切是不是真的，自己是不是真的已经醒了。"真的太不合理了。"

"什么，油画吗？"沃尔特怒喝道，"我当时就告诉过莫迪，我知道这幅画很夸张。但老实说，如果你不能委托别人为你画一幅自己青春年华时的精美画像，让你在去世后还能被后代们景仰，那么只拥有一套精致的花呢西装又有什么意义呢？如果这对凡·高来说已经足够好了，那么对我来说也是如此。至少我还体面地花钱找人来做了。没有什么比自画像更让人放纵了。"

乔治仍在和自己的怀疑作着斗争。"不，我是说这不合理，因为您已经……嗯，您已经去世了。"乔治停顿了一下，眉头皱得更深了，"您已经去世很多年了。"

"那又有什么关系呢？"沃尔特·毕晓普问道，"你哼哼唧唧够了吧，乔治，我想你应该也认同我已经够有耐心的了。你还有十五秒的时间来处理你所看到的惊人一幕。现在我需要你合上你的下巴，走到这里来，干点儿实事。在我失去手指之前，把我从这幅该死的画里弄出来。或者，更糟糕的还有，我的名牌领带。"

他们被一声刺耳的猫叫打断了。可可从沙发后面蹑手蹑脚地走出来，用那种通常只对亨利·胡佛才会有的带些许鄙视的神情瞪着沃尔特·毕晓普。

"小胡子，你还是管好自己的事吧，谢谢你了。"他一边说着，一边把可可赶走，"因为你没长大拇指，所以你帮不上什么忙。"

乔治鼓足勇气，径直向壁炉走去："好吧。你要从里面出来了。"

"不然呢，我就站在这里蹲马步？"沃尔特冷冷地说，"挺直肩膀，站着别动。"他把身子从画框里探出来，一只手搭在乔治的肩膀上，力量大到把乔治

给压坐在地毯上，"不要动。如果你能控制的话，深呼吸也行。"

"等一下。你出来以后，我该拿你怎么办呢？"一想到脾气暴躁的爸爸将要面对他的油画曾祖父，乔治突然惊慌失措起来。

沃尔特的小胡子抽搐了一下，就算是给出了答案，就他目前的状况而言，他只能勉强耸耸肩说道："你不是个善于计划的人，对吧，乔治？你在叫我来之前，就应该想到这些。"

"我没有叫你啊，"乔治抗议着，"我都睡着了！"

"是吗？如果我检查你的口袋，也不会找出来一件魔法宝贝是吗？那个你在三分半钟以前摇晃过的雪花水晶球呢？你不会是想告诉我，你以为我是随着最后一场阵雨过来的吧？"沃尔特又往前冲了几厘米，他的猎枪从胳膊上滑了下来，正好撞在了乔治的脸颊上。

"哎呀！"

"小心点儿，乔治。看起来你有点儿对抗地心引

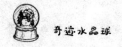

力啊。"

"等一下，你知道那个雪花水晶球的事，"乔治机警地问道，"所以这就是你来这里的原因吗？"

他想起了自己曾对那个雪人说过的悄悄话。后来，水晶球就像星星一样亮了起来。"我希望爸爸还能记得那天的感觉。"

"我很高兴看到毕晓普如此努力地工作，"沃尔特说，"不过我能看出来他有些心不在焉。"

乔治太吃惊了，但他没有足够的勇气回应他。他困惑地看着自己的祖先，眼神在离他脸部仅有几厘米的地方徘徊着。他是真实的，他真的在这里。不过，他的身上有一股浓重的油漆味。"我怎么知道那个水晶球会怎么样？"

"我给你一条忠告，"沃尔特一边将左臂从画框里拽出来，一边说道，"如果你不知道某样东西是做什么的，那么就不要反复摇晃它。行了，别撇嘴了，赶紧把手给我。我的靴子太紧了，所以我需要你使出

全力来拉我。还有，除非你圣诞节想要一块新地毯，要不然就赶紧把这个小毛球弄一边去。"

可可飞快地穿过房间，恐惧使它在书架底下不停地窜来窜去。

"虽然有点儿不讨人喜欢，不过还算聪明，"沃尔特评价道，"我更喜欢马。如果你能找到的话，还可以买一只三趾树懒。当然了，它们都比较少见。"

乔治双手紧紧地抱住高祖父的手腕。沃尔特的皮肤冰凉，摸起来出奇粗糙。他用尽全身力气去拉。

"用力。"沃尔特说。

乔治用力拽。

"用力！"继续用力拽。

"嘎吱"一声，画半挂在墙上。

"我的天哪，孩子。你没割过防风草吗？"沃尔特问，现在他的鼻子离乔治的脑门儿只有一厘米的距离。"使劲呀。"

"我，在使劲了！"乔治咬着牙说。

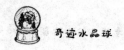

奇迹水晶球

他最后一次用力，吃奶的劲都用上了，终于听到了一声令人满意的嘎吱声！随之而来的还有"砰"的一声！沃尔特·毕晓普从他的油画中挣脱了出来，一头撞上了乔治。

两个人伴随着嘎吱声倒在了地板上。画框里除了德文郡的乡村景色，什么也没有了。随着猛地一甩，画框撞回到墙上，漆屑像阵雨一样散落在上面。

乔治用手捂着头，沃尔特·毕晓普则站直了身子，双手背在身后。"现在，你那任性的父亲在哪里？"

乔治的爸爸就好像是被这个问题召唤来了似的，冲进了客厅。"谁在那里！立刻报上名来！"他一边说着，一边疯狂地挥舞着一根高尔夫球杆，"我有武器，棍棒可不长眼！"

乔治还没来得及说句话，沃尔特·毕晓普就已经抡起了猎枪，直指乔治父亲的前额："好了。现在，我们一样。"

6

变大的画框

雨果僵住了，他手中的高尔夫球杆悬在半空中：
"你是谁？"

乔治用拳头猛击了一下电灯开关，房间里瞬间变得明亮："沃尔特，别开枪！那是我爸爸！"

"哎呀，我的眼睛！"沃尔特大叫着，"我的天哪，你把光调暗一点儿，你这个小家伙！"

雨果的高尔夫球杆掉在了地板上。他看了看壁炉上方空空如也的画框，然后又看了看沃尔特。他的下巴因为惊讶拉长了，就像个卡通人物一样。"那是……不，不，这不可能。"

在埃比尼泽大街7号的客厅里，乔治站在他们两人中间，他惊讶地发现他的爸爸和沃尔特·毕晓普竟然长得如此相似。他们都长着结实的下巴，浓密的眉毛和深邃的蓝眼睛，简直就像双胞胎一样。不过雨果·毕晓普穿的不是昂贵的花呢子西装和平顶帽，而是一件条纹睡衣，头发也凌乱地翘在头上。幸运的是，他也没有浓密的大胡子。

"作为一个幽灵，我还不错吧，嗯？"沃尔特骄傲地说着，"我把头发都留下来了。"

乔治的爸爸发出一声哽咽的喊叫。他脸上的血色渐渐消失，苍白得宛如他身后的一堵白墙。他整个人都紧贴在上面。

"不管怎么说，雨果，我很高兴看见你拿着棒子

来打我，至少在这件事上你恢复理智了。"沃尔特把猎枪放在了地毯上，"实话告诉你吧，这枪是空的。我的枪法不怎么好。我只是觉得它配这幅画会很漂亮。"

"乔治，"爸爸低声说着。他的眼睛却一直盯着沃尔特，非常谨慎地一眨不眨。"如果你是真的，不是我凭空想象出来的话，我需要你马上去厨房打电话叫救护车。"

乔治大步走过房间："我当然是真的了。我就站在你面前。"

"去把你奶奶也叫醒。"爸爸的嘴唇颤抖着，一颗汗珠从他的太阳穴上滑落下来。"告诉她，我因为压力太大引起了幻觉。"

沃尔特哼了一声："谢天谢地，雨果。别那么小题大做。"

"他在跟我说话，"雨果颤抖着说，"他长着一张和我曾祖父一样的脸，还叫我的名字，乔治。"

乔治咽下喉咙里的干涩，想要努力打消自己不小

心把什么可怕的东西带到家里来的那种恐惧。他把手伸进口袋，散发着温暖光芒的雪花水晶球提醒乔治正在发生的那些不可能。他现在别无选择，只能寄希望于它了。

"没事的，爸爸。"他尽量安慰道，"我觉得他不会伤害我们的。"

沃尔特把手伸进西装外套里，从里面掏出一只金色的怀表："好了，十五秒到了。我们真得走了。"

"去哪里？"乔治问。

乔治的爸爸仍旧僵在那里说道："去哪里，你也不能把我儿子带走。"

沃尔特对着壁炉上方的那幅画勾了勾手指，乔治觉得自己仿佛是条小狗，在被人叫着跟着走似的。"敢打赌吗？"

一阵震耳欲聋的吱呀声！

刹那间，天花板裂成了两半，但当乔治转过头时，他惊讶地发现那棵橡树正用树干顶着那幅已经空

了的油画，仿佛正在窥视他们一样。

树叶像手指一样在相框上卷曲着。起初只有几片，在壁炉上擦来擦去，试探着、寻找着，但后来这幅画似乎变得不耐烦了。画框不停地颤抖着，橡树被推到一边，整个田野像一条巨蟒一样耸立起来，石头、树根、蠕虫和一块块的泥土在它的下面晃来晃去。

它向客厅猛扑过来，跳出画框，倾斜着奔向地板，铺出一条无边无际的绿色地毯，把眼前的一切都吞没了。

"爸爸，小心！"乔治冲过去稳住摇摇欲坠的书架，以防他们都被压在下面。

那幅画打了个嗝，一根弯曲的树枝扎进了房间。越来越多的树枝从画中伸了出来，把画框撑裂开了。嫩绿的枝叶蜿蜒而过，鸟儿们叽叽喳喳地飞来飞去。

眼前这一幕如此令人震惊，却又那么真实。德文郡的乡村气息正渐渐渗入到他们的客厅之中，乔治和他的父亲对此却无能为力。

雨果·毕晓普从地板上找到他的高尔夫球杆，开始疯狂地挥打起来。"回来，回来，快回来！"他大声喊着，与此同时，树枝就在他的周围弯曲、摇晃着。"你休想就这样把我们带走，要不就来打一架呀！"

对乔治来说，他根本一点儿也不想打架。事实上，他正张大嘴巴盯着壁炉上那只叽叽喳喳的红腹灰雀，旁边一只毛尾松鼠正在往他们的壁炉里储存橡子。就连可可也被吓得不敢吃东西了。

"还不错，是吧？"沃尔特一边走到乔治身边，一边说着，"一点点魔法就能发挥很大的作用。"

乔治的爸爸还在挥着球杆砍树。"从我家里滚出去！"他一边喊着，一边把高尔夫球杆打在山楂树丛上，"走开，你这个花瓣脸怪物！"

沃尔特叹了口气："这不是他最好的状态。"

越来越多的树叶不停地飞舞着，编织成隆起的树冠。它们越过画框，将整个客厅淹没了，乔治再也看不见沙发了。在他不注意的时候，一棵树悄悄爬到了

他的身后，取代了背后的书架。

地板上是一片茂密的野草，叶子挠着乔治的脚踝，而他则匆匆地向父亲身边走去。爸爸正面对着一只颤抖的小鹿。

"你以为你有双天真的棕色眼睛，就能大半夜的在我家客厅里走来走去，是吗？嗯？"雨果·毕晓普把球杆在手掌上拍了拍，想要吓唬它，"好吧，让我来告诉你吧，斑比。你现在的行为是非法入侵，我也可以为此逮捕你。"

"哦，天哪。"沃尔特喃喃着。

乔治从他父亲手中夺过高尔夫球杆，对他说道："别碰小鹿，爸爸。深呼吸好吗？深呼吸。"

乔治的爸爸深吸了一口气。空气通过他的鼻腔，填满了他的胸口。大家都一动不动地站着。他说道："我刚才实在是太失态了。"

"就一点点而已。"乔治说。

"你真是出了个大丑。"沃尔特说。

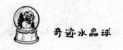

雨果闭上了眼睛："我感觉自己要晕过去了。"

乔治看着沃尔特脚下的草地，那里曾经是他们的客厅："我们现在怎么办？"

沃尔特睁着炯炯有神的眼睛说："好了，乔治，这就是你的奇迹。"他指了指身后仍挂在壁炉上的画框接着说道，"你可以正面面对它。"他又指了指客厅的大门，"或者你也可以选择转过身去，祈祷它不会追上你。"

乔治看着爸爸没有血色的脸颊。"我没想吓唬他，"他平静地说，"我只想让他记得。"

"那么，展示给他看呀。"沃尔特指着那个破裂的画框，用挑衅的语气说道，"巨大的改变是需要勇气的，孩子。你需要采取行动。"

"你说得对。"乔治抓起父亲的手，转向了壁炉。他还没来得及感受恐惧，就冲了过去。

"乔治！"爸爸一边喊着，一边跌跌撞撞地跟在他后面，"你疯了吗？"

　　"可能吧！"乔治喊道，但现在已经来不及了。画框变得越来越大，画中的德文郡乡村绿莹莹的。壁炉倒塌了，砖块重新排列成了台阶，将乔治一路抬到了壁炉上。极不情愿的爸爸仍被乔治牵着，走在后面。乔治深吸一口气，猛地向画框扑了上去。

7

镜中的马力

那幅画像泡沫一样在他们周围蔓延开来。时间慢了下来，世界变得模糊起来，绿色、蓝色和白色相间的条纹凌乱交织着。乔治的耳朵里充斥着一种怪异的声音，他的小心脏也在胸腔里乱跳。

很快，随着怪声的消失，世界恢复如常。乔治的耳边发出一阵爆裂声。他砰的一声掉落在了草地上，他

的爸爸也摔在他身后。他们一动不动地在草地上趴了很长一段时间，双腿蜷曲在身下，脸颊紧紧地贴在地上。

终于，乔治和爸爸蹒跚着站了起来，此时他们已经离开埃比尼泽大街7号的客厅，来到了另一个世界。湛蓝的天空向四面八方伸展开来，太阳在天空的中心闪耀着金色的光芒。山峦起伏，青草随行，野花和绿树点缀其间，小松鼠在树林间忙碌地穿梭着。蒲公英的种子漫天飞舞，仿佛在亲吻着微风。乔治伸手去抓住了一个，握在拳头里，来确认这一切都是真实的。

"爸爸，快看。"

"我正在看呢，乔治。"乔治的爸爸看得很仔细，他的左眼还在抽搐着，"你刚才到底做了些什么？"

"他找回了自己的勇气，表明了自己的立场。这难道不是一件令人兴奋的事吗？"沃尔特·毕晓普从他们身边走过，招呼着他们跟上自己，"快走，毕晓普家的小伙子们，这里好看的还多着呢。还有，雨果，你尽量不要抓森林里的任何生物好吗？那太粗鲁了。"

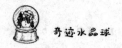

　　乔治停了一会儿，直到他爸爸跟了上来，他们才一起向前走去。混乱之中，雨果睡衣的领子被扯破了，还丢了一只拖鞋。

　　"爸爸，你还好吗？"

　　"我一点儿也不好，乔治。"他语气生硬地说道，"我要么是做了一个精心设计的噩梦，要么就是在睡梦中死去了。"

　　"你没死。"

　　爸爸瞥了他一眼问道："你怎么能肯定呢？"

　　"因为我也没死呀。"乔治指了指爸爸的脚继续说道，"而且，如果这里是天堂的话，你的两只拖鞋都会在脚上的。"

　　乔治的爸爸突然停住了脚步。"乔治，"他说着，声音中透露出一种深深的恐惧，"那如果这里是地狱呢？"

　　"别胡说八道，"沃尔特·毕晓普回过头说，"我自认是这个世界上最好的人了，我为什么要去地狱？"

乔治尴尬地清了清嗓子："那么，呃，我为什么会在这里呢？"

"这么说，我没让你产生幻觉？"

乔治耸了耸肩说："嗯，也许吧。我们可能都是。但我觉得我们也可以尝试享受这个过程。除此之外，我们还有别的选择吗？"

"你这个逻辑还真是优秀呢，乔治。"沃尔特一边说着，一边靠在田边的篱笆上等着他们，"你真不愧是毕晓普家的后代。"

"我还是吉尔哈特家的后代呢，"乔治紧接着说道，"在危险面前，我妈妈就总是会很镇静。她曾经还在过山车上大笑呢——即使是倒着坐的过山车——而且她从来都不会像爸爸那样对着蜘蛛尖叫。顺便说一句，我也不会。我说的是真的，它们只是一种焦虑的生物。所以它们才会跑得那么快。我曾经在《自然》杂志上读到过。"

沃尔特抖动着他的小胡子表示赞同："那么，你

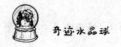

像吉尔哈特家的人更多一点儿。事实上，我敢打赌，你就是凭借着这种精神才到这里来的。"

"呸！"雨果从睡衣口袋里掏出一颗薄荷糖塞进了嘴里，"照你这么说，那我是什么呢？"他愤怒地说着，牙齿咬得咯咯响，"我猜，是一个没用的胆小鬼吧？"

沃尔特打量着雨果，发出了一声短促又尖锐的叹息："此时此刻，我的孩子，你恐怕是个吝啬鬼。"

"你又在胡言乱语了，"乔治的爸爸说着，此时他的愤怒已经战胜了之前深深的恐惧，"为什么你们每个人都叫我该死的吝啬鬼？"

"可能是因为你的行为很像吧。"沃尔特说道。而乔治只是静静地走在他们中间，什么也没说。

前面不远处，一座古老的农舍坐落在两座小山丘之间的峡谷中，破旧的砖砌外墙被常春藤包裹着，在枝条的缝隙间露出一些痕迹。茅草搭成的屋顶低垂在窗户上，仿佛一绺剪得很丑的刘海儿。

　　"这是奶奶的家，"乔治一边说着，一边加快了脚步，"我们以前经常来这里过圣诞节的，直到……"

　　"贝尔农场，"乔治的爸爸低声说着，"我们回到这儿到底是要干什么？"

　　当他们走近房子时，乔治眯起了眼睛："别着急，我不记得那个旧马厩了。还有那门也绝对不是棕色的。你还记得吗？那时候我和妈妈把它漆成了亮黄色的。不过，我觉得自己也没帮上什么忙。门口的台阶上被滴了很多油漆点，但妈妈说那看上去就好像天空中掉落下来的小星星……"在爸爸严厉的目光下，乔治没再继续说下去。

　　"这座房子在毕晓普家族已经传了好几代了，乔治。"爸爸在大门口停下了脚步，然后将怀疑的目光转向了沃尔特，"你到底要把我们带到哪里去？"

　　"雨果，我想你自己会找到答案的，这只是时间问题。"

　　粗矮的烟囱将白色的烟雾喷洒向空中。乔治的目

光一路追随着烟雾飘散到空中，那里的蓝色越来越淡。沃尔特·毕晓普仰着头目送着烟雾消散殆尽，他的胡子轻轻抽动着，一下，两下。太阳消失在云层之后，凛冽的寒风让他们感受到冬日的寒冷。当乔治再次环顾四周的时候，看到的是树上光秃秃的枝条，覆盖在草地上的一层闪闪发光的白霜。

乔治的爸爸把睡衣上的腰带勒得更紧了："很好。如果我没疯的话，那我肯定会得肺炎。"

沃尔特拍了拍他的背说道："我们最好还是进去吧。"这时一个冬青花环凭空出现在前门。

"快看！"乔治说，尽管他的脚趾间传来一阵寒意，但他一点儿也不觉得冷。"这里也是圣诞节！"

沃尔特推开门，大步跨过门槛，仿佛他不仅能跨越季节，还能跨越整个世界。"让我们看看这里面能容纳多少人，好吗？"

贝尔农场的房子像是一座迷宫，里面都是狭窄的走廊和狭小的房间。经典的乡村风格，还是年久失修

的那种，一切都是那么不协调，而且还有点儿脱色。沃尔特领着他们走向厨房，他们三个人并肩挤在门口。

"我能用一点儿季节性魔法让某些人开心一下吗？"沃尔特的胡子下露出了一丝微笑。

"当然！"乔治说。

"绝对不行！"乔治的爸爸的声音同时响起。

沃尔特打了个响指。

房间开始闪烁，随后逐渐恢复了生机。厨房里点缀着花环和亮闪闪的小饰物，欢笑声和窗台上收音机里飘出的圣诞颂歌交织在一起。烤箱里烤着火鸡，还有一大盘土豆和胡萝卜。一个男孩儿正站在厨房中央。他大约十岁，穿着一件棕色的套头羊毛衫，上面绣着一只红鼻子驯鹿。在他的旁边，一位慈眉善目、眼睛明亮的女人正在帮他整理贴在耳边的头发。一枚熟悉的冬青发卡将她的头发别在了脸庞的一侧。

"那是奶奶！"乔治兴奋地说。

"还有我。"乔治的爸爸对着年少的自己皱起了

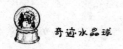

眉头。

"他们能看到我们吗？"乔治小声问道。

"除非他们非常善于观察，而且有特异功能。"沃尔特自信地说，"我们来这里可不是为了吓唬人，让谁心脏病发作的。"他看了雨果一眼，接着说道，"只是为了改变主意。"

乔治的爸爸并没有理睬他。在厨房的另一边，年少的雨果正在瓷砖上晃动着身体，跟着收音机哼哼唧唧地唱着。弗洛奶奶和他一起跳着舞，像弗朗门戈舞者一样将茶巾在头顶上挥舞着。

"你那时候傻笑得可真可爱呀，雨果，"沃尔特赞许道，"即使是在你父亲过世以后，你和弗洛也总是想尽办法在圣诞节给大家带来欢乐。事实上，这是你一年中最喜欢的日子了。"

"那时我只是个孩子，"乔治的爸爸一脸严肃地说，"我也想不到什么更好的办法。"

"正相反，你比同龄人要聪慧得多。"沃尔特举

起双手，像指挥管弦乐队一样伸出食指，加快了他们眼前场景的变换速度。圣诞节一个接着一个，快速地无缝融合在一起。乔治目瞪口呆地看着年少时的雨果将头顶上的纸质王冠换了一顶又一顶，他变得越来越高，越来越瘦，脸上也长出了斑点，戴上了牙套，身上那些奇奇怪怪的圣诞羊毛衫也仿佛游行般匆匆而过。几缕银丝从弗洛奶奶的发丝间穿过，但她的左耳上方始终别着那枚冬青发卡。发卡上的浆果朝乔治眨着眼睛，仿佛在说，我看见你了。

雪花水晶球在睡衣口袋里像太阳一样闪烁着光芒，乔治紧紧将它握住，感受着它的温度。它正是这一系列不可思议经历的根源，虽然他也不明白这到底是怎么一回事，但他很清楚这魔法是从哪里来的，确切地说，是从谁身上来的。当他们以极快的速度又穿越过一个圣诞节的时候，乔治将雪花水晶球递给了沃尔特。

"你一定认识马力吧？是他派你来的吗？"

沃尔特·毕晓普饶有兴致地看着那个水晶球。"马

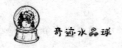
力，"他停下来轻轻拍了拍自己的下巴问道，"你说的是那个椭圆形脑袋，戴着一副金丝框眼镜，长着一双能够躲避时间法则的眼睛的家伙吗？"

"呃？"乔治迟疑地问道。

"他喜欢出售和交换魔法小饰品？"

"是的！"乔治说，"就是他！"

"从没听说过。"

"可是——"

沃尔特指了指雪花水晶球说："孩子，别把你的东西到处乱扔。把它藏在你的口袋里，别弄丢了。我相信这个叫马力的人，无论他是谁，也无论你是在什么地方偶然发现了他那被施了魔法的圣诞小屋，他看到你把水晶球那样挥来挥去，也一定会不高兴的。"

乔治在被训后，把雪花水晶球又放回了口袋里："作为一个从未听说过马力的人，你似乎对他很了解呢。"

沃尔特耸了耸肩，又将注意力转回厨房："我只

知道雪花水晶球起不到作用。那是科学，不是魔法，孩子。"

雨果低下头，绕过沃尔特问道："你们俩到底在胡说八道些什么？还有，更重要的是，我们可以回家了吗？"

"奇迹达成的条款和条件。"沃尔特回答说，"还有，不能。等你什么时候想起来圣诞节对你来说有多重要了，再说回家的事吧。"他轻轻挥了挥手腕，整个世界都慢放了，"啊。这也许能唤起你的记忆。"

现在看到的雨果是一个牙齿整齐，留着小胡子的年轻人。他的手里端着一盘抱子甘蓝。他将盘子放在绣着花边的桌布上，俯身看着一位年轻的女士。她之前并未出现过，但此时她正在厨房里讲着笑话。

乔治深吸了一口气，小声说着："妈妈。"

乔治感觉到站在门口的爸爸整个人都僵住了，像一座雕像一样一动不动。

"……因为他不怎么被小精灵认同。"格丽塔说

着，与此同时雨果和弗洛奶奶都大笑起来。

　　"这太可怕了。"雨果说着，脸上露出一丝不易察觉的笑容。

　　格丽塔的眼睛发着光："技巧在于叙述的过程。"

　　雨果在桌子对面挥舞着圣诞饼干。"继续，"他急切地说，"再来一个。"

　　乔治的妈妈伸手接了过来。尽管乔治站在桌子的另一边，距离他们有着二十年的距离，但他还是将手伸了出去。令他吃惊的是，弗洛奶奶从椅子上探过身来，轻轻地跟他拍了拍手。乔治吓了一跳，但当他回过神来的时候，她已经转过身去了。

　　"你看见了吗？"他屏息问道。

　　"又在耍花招了。"站在沃尔特另一侧的爸爸嘟囔道。

　　沃尔特只是傻笑着说了句："嗯，这不是很了不起吗？"

　　砰！

　　圣诞饼干被打开，一个小镜子掉在了地上。一张皱纹纸从它后面飘了出来。雨果攥住了它，打开后发现那里面不止一个王冠，而是两个。

　　"哦，这是个双黄蛋！"弗洛奶奶激动地说，"这就像紫色的驯鹿一样稀有！"

　　乔治朝奶奶眨了眨眼睛："她刚才是不是——"

　　"我已经听够这些废话了！"乔治的爸爸突然爆发了。他冲出门，大步穿过了厨房。奇迹的画布在他的周围无缝延伸着，而他则一脚踢开后门，头也不回地消失在花园里。

　　"快点儿，乔治！"沃尔特一边说着，一边赶紧跟在雨果身后，"我们碰上了一个逃兵！"

　　乔治很想再多停留一会儿，但此时圣诞节的景象已经在他周围慢慢消散，只剩下那个小镜子还躺在地上。经过它时，乔治瞥了它一眼，他确信自己看见了一双古老的冰蓝色眼睛正在注视他。

无法跨越的水坑

后花园里，乔治的父亲正站在一个破损的花环之中，轻轻跺着那只没穿拖鞋的脚。在他身后，一层薄雾正亲吻着草地，使得连绵起伏的小乡村宛如水彩画一般美丽。

"你们吵架了吗？"沃尔特指着压碎的松针问道。

"这是个意外。"乔治的爸爸语无伦次地说着。

沃尔特伸手摸了摸下巴，但眼睛始终未曾离开花环："这是某种象征。"

"我再也不想看见你了。"乔治的爸爸对沃尔特说。

沃尔特转过身说："可我们就快到了。"

"到哪儿？"

空气中闪耀着微光，传来了乔治妈妈的声音。"给你，雨果。"她温柔地说。

乔治和他的爸爸都飞快地转过了身。格丽塔坐在花园的长凳上，肩上披着一条羊毛围巾。她的手中举着一顶装饰着银色蝴蝶结的墨绿色帽子。"圣诞快乐，亲爱的。你喜欢吗？"

雨果紧挨着她坐着。她仿佛是一块磁铁，将他身体里的每一个细胞都吸附了过去。他的脸颊红润，双眼闪耀着明亮的光。

看到年轻时的自己，乔治的爸爸瞬间泄了气。"哦。"他静静地叹了口气。

"嗯，我觉得它太……绿了。"年轻时的雨果迟

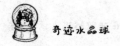

疑地说道。

"这很时髦的，"格丽塔一边说，一边将帽子戴在他的头上，"你看起来真帅，真前卫。"

雨果挺了挺背，坐得更直了："真的吗？"

"有时候，一点点色彩就能改变整个世界。"格丽塔咧嘴笑了笑，"并不是说一定要做出很大的改变。"

看到这里，乔治的爸爸立刻转过了身。"不。"他对着沃尔特，对着院子里的圣诞节景象和编织着乔治愿望的魔法说，"我受够了。快来，乔治。我们要回家了。"

他拔腿就跑，大步穿过后门，穿过厨房。速度之快，连他身上的睡袍都飞了起来。

沃尔特和乔治紧跟着他穿过农舍，在那里，圣诞节的景象像电灯开关一样被关上了。时间仍在他们周围流逝着，一年又一年过去，空气中闪着微弱的光芒。当他们来到走廊边的时候，前门是开着的，门板也从之前的棕色变成了黄色。乔治走到门口的台阶上，发

现台阶上突然被溅上了油漆。

他的爸爸在花园门口，一边光着脚拍打着地面，一边催促着："如果我们不快点儿，那些其他的，可怕的圣诞节就会来折磨我们的。"

"嗯，你说得对，雨果，确实是这样的。"沃尔特走到外面，眯着眼睛仰望着天空说道，"现在随时都可能……"

突然下起了雪。雪又厚又重，乔治不得不用手掌挡在面前，才能透过指缝看到前面的景象。

"哦，天哪。又要被冻伤了！"当他们艰难地往户外走的时候，乔治的爸爸喊叫道，"我想我们是从这上面的什么地方进来的。我认得那棵橡树！如果我们继续沿着这里走下去，我们可能会幸运地跌倒在客厅里。"

大雪像一层被子一样覆盖着群山。很快，雪就深得没过了乔治的双脚。沃尔特似乎是飘浮在雪上的，油彩从他的衣袖滴落下来，将他走过的雪地染成了彩

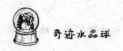

色的。乔治被眼前的一幕深深吸引了，直到雪人出现在了他的面前，他才注意到它。

雪人用一条绿松石珠子嘴巴朝乔治微笑着。它的左眼是一颗蓝色的纽扣。

"哦。"乔治惊呼一声，他的心脏在胸腔里怦怦直跳，"就是那里。"

空气中闪着微光，七岁的乔治出现在他的身旁。他穿着一件芥黄色大衣，围着绿色条纹围巾，一直裹到了下巴。他把一颗太阳黄色的纽扣按在雪人的脸上，做成另一只眼睛。

"太奇怪了。"乔治一边说着，一边从年少的自己身边走开了。

"嗯，至少没有融化。"沃尔特带着无聊的好奇心审视着自己的双手。他们跑了起来，"我想我的工作已经完成了。你父亲肯定是记得的，虽然我也不确定他想起这些是不是真的开心。"

在他们身后，乔治的爸爸彻底陷入恐慌之中。他

焦急地转着圈，疯狂地寻找着出口。"请让我们出去吧。"他一遍又一遍地喊着，但无论他看向哪里，都会有新的东西冒出来。

砰！

一个塑料雪橇，翻了过来。

砰！

一杯热巧克力。

砰！

一顶被丢弃的羊毛帽子。

砰！

三年前的雨果·毕晓普昂首阔步穿过田野，墨绿色的帽子在他的指尖旋转着："我跟你说过会找到的，亲爱的！"

砰！

还有乔治的妈妈，当她跑过来迎接他时，向日葵般灿烂的长发在她的身后披散着。

"我很喜欢这顶帽子，"她笑着说，"你戴上它

的时候，看起来可以征服整个世界。"

雨果骄傲地将那顶磨损了的帽子递给儿子："接着，乔治。你为什么不来尽一下地主之谊呢？我们可以提早将它做好，来迎接你的表姐妹们。"

当小乔治将帽子戴在雪人头上时，乔治目不转睛地看着妈妈。一阵剧痛在他的胸中蔓延开来。

他在幸福家庭的回忆中待得越久，他的爸爸就似乎离幸福生活越来越远。他不停地低着头转圈，一圈又一圈，下定决心不去看，不去感受。

"够了！"他对着雪、树木和天空大喊，"让我们出去吧！拜托了！"

但什么也没有发生。他朝沃尔特走去，双拳紧握在腰间。"够了！"他正对着沃尔特的脸喊道。沃尔特的小胡子纹丝未动。可乔治的爸爸却落泪了，泪水顺着他的脸庞流了下来。"我想回家！"

"别这么扫兴，雨果。再待一会儿，"沃尔特说，"毕竟，这是一个多么美好的午后啊。也许对你是有

好处的——"

"不！"乔治的爸爸厉声说道，他伸出胳膊，组织着语言，"你这种荒谬的尝试，想要让我相信这样一个毫无意义、浪费金钱、耗费感情的节日是有好处的。你别扯了，往好了说，你这是白费功夫，还有，还有，还有……往坏了说，你这就是违法！"

"呵，一派胡言！"沃尔特说，他的领带掉到雪地上溅起蓝色的水花。"你知道这不仅仅是圣诞节的问题，雨果。是生活。"

"还有一种新的态度，"乔治不假思索地补充着，"圣诞节是团聚和幸福的日子，如果你能记住这一点的话——"

"我没有跟你说话，乔治，"乔治的爸爸一边说着，一边抬起一只手打断他，"圣诞节一去不复返了。它再也不会回到埃比尼泽大街7号了。你得接受这一切。"

乔治哽咽着："可我只是想——"

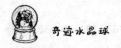

"够了，乔治。看在上帝的份儿上，你还只是个孩子！你怎么想的并不重要。"他的脸红了，激动使得他的两颊泛起了红晕。他内疚地将目光移开。

乔治失去了争论的兴趣。他受到了伤害，转身从爸爸身边走开了。回到贝尔农场只会让乔治想起他的爸爸发生了多大的变化。他和之前那个无忧无虑、可爱的父亲截然不同。那个微笑时眼睛会弯起来的人，那个洗澡时唱歌会走调的人，那个在家庭电影之夜往嘴里狂塞爆米花，直到大家都笑得喘不上气来的人。

"那格丽塔是怎么想的呢？"沃尔特朝着正在给雪人安上胡萝卜鼻子的乔治妈妈点了点头。

她的名字就像乌云一般高悬在空中，越积越多，越积越浓，越积越重。

乔治的爸爸的眼睛闪着光。当他再次开口时，他的声音安静得吓人："听着，老头儿。我不知道你是从哪儿来的，也不知道你在玩些什么花样，但你不是真的沃尔特·毕晓普。我和乔治不需要你的假智慧和不成

熟的人生建议。看在上帝的份儿上，你就是幅破油画，"他气呼呼地说，"还是个平庸之辈！"

"这不是沃尔特的错，"乔治一边从口袋里掏出雪花水晶球，在爸爸面前挥动着，一边解释道，"这都是我希望的。是这个雪花水晶球把我们带到这里来的。我以为这会对我们有帮助。我以为这样你会好受些。"

雨果用怀疑的眼神注视着那个水晶球："我没病，乔治。"

"你真的确定吗，雨果？"沃尔特·毕晓普将一只手按在自己的胸口处问道。那只手顺着他的夹克前襟滑落下来，滴落在了雪地里，发出嘈杂的啪嗒声！他的婚戒落地时化成了一颗巨大的金色水滴，他的头发仿佛涂上了一层光滑的黑色油漆，"话说回来，我能知道些什么呢？"说着，沃尔特的眼睛就凝结成两个蓝色的斑点，"我只是一幅油画而已。"他的笑容消失了，一同消失的还有他最后说的那句话，"还是个平庸无能的人。"

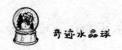

"等一下，等一下！"乔治的爸爸惊恐地喊道，"你得先把我们带回家！"

但他们没能等到沃尔特·毕晓普的回答，他的嘴不知道融化掉落在乔治脚下的哪个水坑里了。他的眼睛和鼻子也一同消失在那里，还有他穿着的粗花呢夹克和戴着的漂亮的领带。乔治凝视着自己祖先留下的油腻腻的颜色，咽下了喉咙里的呜咽。他觉得自己心中充满希望的那一小部分也一起融化了。

9

雪崩

乔治的爸爸战栗地说着："嗯，那是……情感上的伤疤。"

乔治将目光从雪地上的水坑中挪开。越过父亲的肩膀，他看到他们一家人正在打雪仗。爱丽丝姨妈和伊莱姨父也到了，他们欢呼着加入。波贝和克莱门特也在那里，但克莱门特实在太小了，雪都没到她的膝盖了。

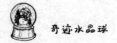

但他们正在远离他，乔治和他们之间的距离变得越来越远。

乔治转动着手中的雪花水晶球。"这没有任何意义。"他自言自语着。爸爸都记起来了，可什么都没有改变。

爸爸抢过他手中的水晶球说道："所以，你就是这样制造出这些荒谬的事情的，对吧？好吧，那现在就让它停止吧。"

他开始猛烈地摇晃它。

"小心点儿，爸爸！别打碎了！"

"我知道这种雪花水晶球是怎么玩的，乔治。这又不是航空火箭。现在，你往后退。我们要离开这里。"他一圈又一圈地抡着胳膊，就像要投棒球一样，"我能感觉到，它在变热！"

乔治妈妈的笑声被远处的隆隆声淹没了。地面开始颤抖，树木吱吱作响，树枝上的雪也被晃落下来。

"爸爸。"乔治警告道。

"什么?"他说,仍在摇晃着水晶球,"起作用了吗?"

在远处最高的山顶上,有一堆雪松动了,正从山坡上滑下来。"没有,但我想你可能制造了更大的麻烦!"

雨果回过头看了一眼。

乔治一把夺回了水晶球,塞进口袋,可是已经太迟了。

年少的乔治已经消失不见了。他的父母也消失不见了。只剩下雪人独自留在那里,当雪轰隆隆地向他们袭来时,雪人用纽扣制成的眼睛注视着这场突如其来的雪崩。

乔治的爸爸抓起他的肩膀,将他推到最近的一棵树上。"快,"他一边说着,一边将他举到一根低垂的树枝上,"爬得越高越好,抓紧了。我就在你后面。"

乔治爬到一半的时候,突然听到一声尖细的猫叫!

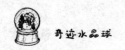

可可从树干的一个空洞里蹿了出来。

乔治跟着它爬了下来："可可！"

"别管它，乔治！我们的可可在家里呢！"

"那如果它没在呢？要是它跟着我们一起进到画里了呢？"

乔治一闪身，躲过了爸爸抓他的手，向着他的小猫跑去。可可看到他来了，最后又喵喵地叫了一声，然后径直跑进了崩塌下来的大雪之中。

"可可，不！"乔治急忙追赶上去，他的拖鞋在雪地里又黏又滑。

"乔治，快回来！"爸爸一瘸一拐地跟在他的后面，"你会被压扁的！"

事实上，他们全都会被大雪吞没。

伴随着狮子怒吼般的轰隆声，小猫被雪崩吞没。乔治尖叫着跌落到地面上，嘴里都是草和雪。雪压在他的身上，又厚又冷又刺眼，乔治看不到外面的世界，看不到太阳和天空，也看不到喊得嗓子都哑了的爸爸。

只有世界末日在向他逼近。

当雪崩将他整个吞没的时候，乔治闭上眼睛，用手捂住了头。

自欺欺人

当乔治睁开眼时，面前的世界一片漆黑，他的嘴里叼着一根羽毛。

他吐掉羽毛，挣扎着要起来。这比他预想的要容易得多——也更温暖。鹅绒被的起伏让乔治清醒，他身处的环境发生了魔法般的变化。

"乔治？你在里面吗？"

　　覆盖在乔治身上的遮盖物被掀开，爸爸的脸突然出现在朦胧夜色之中。他的眉头忧虑地皱起，眼白上也满是红血丝："啊，谢天谢地。"

　　乔治眨了眨眼睛，发现自己正躺在爸爸的床上。他们面对面坐着，他的一半身子裹在羽绒被里，身上的羽绒被像冬天的雪一样白。

　　"刚刚发生了什么？"乔治难以置信地问道，"我还以为我死了呢！"

　　旁边的枕头下面传来一声回应。可可偷偷地伸出小脑袋，想要确认一下安全。它的皮毛上还沾着几片雪花。乔治用手捋了捋自己的头发，在自己的头发上也摸到了雪。

　　爸爸也做着同样的事情。他闭上眼，然后摇了摇头，想要把整件事情从脑海中抹去。但当他发现这似乎并没有什么作用时，便跳下了床，开始在房间里来回踱步。

　　可可跳到乔治的腿上，他们俩的目光跟随着爸爸

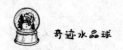

的身影移动着。他来来回回地走着，边走边自言自语着些什么。

他一边走，一边将身上的睡袍裹紧，从口袋里摸出一块硬糖吮吸起来。此时，他似乎已经平静了下来，记起了应该怎么呼吸——慢、深、长。

当他转向乔治的时候，他的眼神是清醒的。

"你不会相信的，乔治，"他说，糖块在他的牙齿间咯咯作响，"但我刚才做了一个特别真实的噩梦。"

乔治目瞪口呆地看着爸爸。

"你在那儿，可可也在那儿。还有我的曾祖父沃尔特·毕晓普也在那里。不过他是个——"

"油画。"乔治插话道。

"是的，"乔治的爸爸说，声音里带着惊讶，"我们都回到了——"

"贝尔农场，"乔治说，"我知道，爸爸。那是真的。"

乔治的爸爸摇了摇头。"不，不，不。那只是个

梦，乔治。你一定是听见我的叫喊了，所以你才会来这
里检查我的状况，不是吗？好了，别担心，我很好。"
他瞥了一眼床头柜上的表，对乔治说道，"其实，你
可以回自己的床上去睡觉了。我该准备去上班了。"

"可今天是平安夜啊，爸爸。"

"你知道的，这并不能代表什么。"爸爸想要把
他赶走了，"地球照常运转，我们也得跟着转。"

"爸爸，等一下！"乔治绝望地说，"事情真的
发生了，而且它是——嗯，一种奇迹！"

爸爸将双臂环抱在胸前说："我没有假装什么。
是你在骗我。"

"你的胳膊上有一根松针。"

"什么？"

"那里。"乔治指着他爸爸的左胳膊肘说，"粘
在你的睡袍上了。"

乔治的爸爸把松针拔掉，眯着眼睛研究着："可
能是我昨晚回家的时候碰到树上了。"

"你是开车去上班的。"

"那么，是杜比克先生的花环。"

乔治哼了一声："你从不去拜访杜比克先生。你觉得他活得太肆意了，记得吗？再说了，你也不会穿着睡袍去上班啊。"

乔治的爸爸用拳头捏碎了松针："回去睡觉吧。你一定还在做梦呢。"

乔治强忍着声音里的颤抖，他突然害怕起来，可能这一切都是他自己想象出来的。也许马力的魔法把他们俩都骗了，现在圣诞节又一次从他的指缝间溜走了。

但是——不。

他能感受到，一股暖意在他的口袋里蔓延着。魔法是真的——只是他的愿望没能按照应有的方式发挥作用。这还不足以改变他的父亲。

乔治只能更努力才行。

他深吸一口气，让自己镇定下来："我会回到自己床上去的，再也不提这件事了，但我有一个条件。"

爸爸扬起眉毛看着他。

"告诉我，你左脚的拖鞋去哪里了？"

乔治的爸爸低头看了看，发现自己光着一只脚，脚的边缘脏兮兮的，脚趾间还夹杂着散落的草叶。

他清了清嗓子说："一定是我睡觉的时候蹬掉了。"

乔治站在床上，掀起羽绒被，用力地抖了两下。

什么都没有。

爸爸皱起了眉头："嗯，那就是在我的柜子下面。不然还能在哪里呢？"

乔治"砰"的一声跳下床："我想它被困在过去的某一个圣诞节里了。"

"乔治，我跟你说过了，不要在家里再谈论这件事了。"

"什么事？你是说圣诞节吗？"乔治愤怒地回问道，怒气像火一样在他的胸膛里燃烧着，"我们刚刚一起度过了很多个圣诞节，爸爸。你都不记得了吗？"

嘀嘀——嘀嘀——嘀嘀——

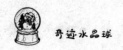

"是我的闹钟响了。"乔治的爸爸转过身去，声音中透露出一丝释然。他指了指门口，对乔治说："好了，回你的床上接着睡吧。"

"好。"乔治转过身，踩着脚走出了爸爸的卧室，"如果你不相信我，那我就不得不证明给你看了！"

他大步穿过走廊，朝客厅走去。他像动作片里的英雄一样，一下子就把门给踹开了。凭靠着铰链，门又摆了回来，"砰"的一声撞到了墙上。乔治跳进客厅里，期待着发现德文郡乡村的痕迹会留在地板上。

"看看——"

看着眼前的一幕，乔治突然失语了。

他走进客厅。

他只是非常平静地"哦"了一声。

然后什么都没说。

黎明的第一缕曙光在房间里投下一道苍白的光。家具摆放得很整齐，每件东西都整齐而规范，像玩偶屋一样。

壁炉高高的，闪闪发着光，沃尔特·毕晓普那幅气势十足的油画如常挂在上面。

壁炉架上一点儿灌木丛的影子也没有，墙上也没有一丝草叶的痕迹。那些拥挤不堪的树枝、篱笆和花束也不见了踪影。橡树也回到了它自己的世界，天花板像盖子一样落在房子上。

乔治清了清嗓子。"也许魔法藏起来了，"他一边说着，一边满怀期待地回过头看了看，"如果我们——"

门框处空无一人。

远处淋浴的哗哗声提示着乔治的爸爸的下落。他并没有跟着乔治到客厅里来。相反，他直接去了浴室，想要把昨晚魔法的痕迹洗刷掉。很快他就会穿上西装，打上领带，准备去上班。他们又将回到往常的生活模式，像幽灵一样在彼此身边游荡着，乔治妈妈的面容浮现在他们的脑海中，她的名字在他们的口中蠢蠢欲动。

今天是她的忌日。

现在，它将会在寂静中过去，第二天也将随之而去，然后圣诞节又将结束，接着又是一年。

可可跟着乔治走进了客厅，用小尾巴蹭了蹭他的腿。

"可可，你还记得发生了些什么吗？"他说，"难道说这只是一个奇怪的梦？"

作为回答，小猫咪跑到沙发前，用爪子抓了抓毯子下面的什么东西。乔治掀开毯子，发现了爸爸那根闪闪发光的高尔夫球杆。

"我就知道。"他喘了口气说。

乔治后脖颈的汗毛突然立了起来。他猛地抬起头，发现自己被沃尔特·毕晓普的目光注视着。

他的肖像和以往有些不同——只有近距离观察才能看到的东西。

他额头上的凹痕消失了，嘴角周围的皱纹也被抚平了，那暴露出他一生愁苦的痕迹被微妙的翘起来的嘴唇所取代。

沃尔特·毕晓普在微笑。

乔治笑了。他们昨晚的午夜冒险也许没有起到什么作用，但马力的魔法是真实存在的，这就意味着还有希望。毕竟，他在最后一刻创造了一个奇迹。

对此，乔治深信不疑。

11

特立独行的人

　　几小时后，在雨果·毕晓普像小偷一样偷偷溜出
这所房子很久以后，乔治穿上外衣，围着围巾，动身
去了埃比尼泽公园。闪着金光的太阳贪婪地将所有的
温暖都留给了自己。云朵散开，露出了湛蓝的天空，
飘落的雪花在街上的水坑里溅起了水花。

　　凑巧的是，弗洛奶奶要去埃比尼泽公园喂鸭子，

所以她就陪着孙子一起出了门。"你走得可真快。"她一边说着，一边急忙跟上乔治的脚步，"你估计会说，那必须的。"

乔治把笔记本夹在腋下，对奶奶说："我今天要思考很多事情。"

"哪方面的事情？"弗洛奶奶好奇地问。

乔治张了张嘴，但很快又闭上了。"就算我告诉你了，你恐怕也不会相信我，"他说，"所以我现在最好还是别告诉你。"

"你觉得什么时候合适，再跟我说就好了，乔治。"弗洛奶奶温柔地说。

铁铸的大门"嘎吱"一声被打开了，一阵狂风呼啸而至，冬青树被吹得哗哗作响，浆果也被风吹得散落一地。乔治看着散落在地上的浆果，想起了德文郡的植物挤进他们家客厅中的镀金相框时的画面。

"你只需要记得，当你需要的时候，最好的阴谋家就在你的身边，"她补充道，"我总是乐于在第一

时间为你出谋划策的哦！"

乔治看了一眼身旁的奶奶。

"尤其是圣诞节，"她非常严肃地告诉他，"这段时间，我会和伯莎在这里玩一会儿。"她拍了拍口袋里的面包屑，"它就是那个身上有斑点，走路摇摇晃晃的小家伙。我很喜欢这只小鸭子，乔治。如果有需要的话，你叫我一声就行。"

说完她就走远了，乔治本想去找她，把昨晚发生的一切都告诉她。但有什么东西阻止了他，雪花水晶球突然像锚一样坠着他的口袋。他想起了爸爸，早上当乔治请求他去客厅看一眼沃尔特·毕晓普的肖像画，哪怕就看一眼的时候，他紧紧地抓着公文包从家里跑了出去。他不想把奶奶也给吓跑了。至少在没有确凿的证据之前，他还是先不告诉奶奶了。

乔治一屁股坐到长椅上，听着风吹动树叶发出的沙沙声。他的鼻子都快被冻僵了，但他不在意。他被夹在圣诞树巨大的枝丫中间，这感觉让他觉得好多了。

公园里几乎看不到什么人，埃比尼泽大街上的居民们都沉浸在平安夜的喧嚣之中，最后一刻的购物和即将到来的亲友们让位给了晚上的棋盘游戏和电视上的圣诞特辑。只有杜比克先生早上出来散步了，此时金斯利夫人正在操场边看书，她的女儿阿米塔在荡秋千。

乔治从口袋里摸出雪花水晶球，摇了摇。他想要再试一次，再冒险一次，再给自己一次让圣诞节回归家庭的机会。雪人那用绿松石做成的小嘴正展露着微笑，雪花懒洋洋地从一侧飘到另一侧。但这一次水晶球并没有发热，也没有展现出丝毫有魔法的迹象。除了远处传来的阿米塔的笑声，以及弗洛奶奶与杜比克先生在鸭子池塘边偶遇时几句客气的闲聊，一切都一如平常。

乔治皱着眉头，自言自语道："好吧。"

他将水晶球放到旁边的长椅上，转动起雪人的纽扣眼睛，直到它望向公园的另一边。然后他将注意力转移到自己的笔记本上，用铅笔一端的橡皮头在纸上

轻敲着，想啊，想啊……

如果马力的魔法不能出现，那么他就只能自己创造机会了。

乔治动起手来，沉浸在行云流水般的绘画中。之前很长一段时间，他几乎连画笔都很少拿起来，可现在他却停不下来。他远没有他妈妈那么有才华，但当他认真勾勒起线条，这个世界上其他的一切似乎都消失了。不知怎的，他觉得自己和她离得更近了。他觉得自己正在给妈妈，也给自己传递某种信息。

"我不会忘记你的。"

"一丝一毫也不会。"

过了一会儿，长椅被一位新客人压得吱吱作响。乔治目不转睛地盯着自己的画，甚至连他左耳旁的空气被翻动的报纸所搅动都未曾察觉。他本能地抓起雪花水晶球，将它安全地放到膝盖上。

"很漂亮的小东西。"报纸后面传来一位男士的声音。

　　乔治抬头看了他一眼："也不是，都坏了。"

　　男人翻了一页报纸，继续说道："你试过重新打开开关吗？"

　　"这是个雪花水晶球，"乔治对着那人的灰色帽檐说，他的帽子刚好从报纸的上面露出来，"它没有开关。"

　　"那它怎么会坏呢？"

　　乔治皱着眉头说道："就是坏了。"

　　那人又翻了一页，哼了一声："你喜欢吃蛋糕吗？"

　　"当然了，"乔治立刻回答道，"谁会不喜欢蛋糕呢？"

　　"嗯，也对，"男人附和道，"我只是在想，一个好吃的蛋糕一般都不止一层。你觉得呢？"

　　"我想是的。"乔治慢吞吞地说。

　　"所以，"男人若有所思地说，"也许不止摇一次，奇迹才会出现。"

　　乔治惊讶地眨着眼睛。他确定自己刚才没有提过

任何关于奇迹的事情。他是怎么知道的？"你是什么意思？"他小心翼翼地问。

"我的意思是说，下次你摇那个东西的时候，花点儿心思在上面。要有目的性。然后，再看看会发生什么。"

那个人的回答让乔治彻底惊呆了，他陷入了沉默。

男人将手中的报纸揉成一团，接着对乔治说道："你知道，实际上，我觉得它们在某些方面是十分相似的，"他接着说，"我是说蛋糕和奇迹。它们都很受欢迎，它们都能给人带来最纯粹的快乐。当然，它们含的麸子都越来越少。"

乔治皱着眉头说："我觉得最后一点只适用于蛋糕。"

"哦，我的错。"

就在这时，乔治注意到男人手中报纸上的日期——1843年，"嘿，你是——"

"不是完全一致。你说得对。"男人快速起身，

将报纸对折起来，把它夹在腋下。在他那顶不寻常的高帽的阴影之下，乔治瞥见了那双泄露秘密的冰蓝色眼睛，镜框架在他的鼻尖上。"我得走了。"

乔治跳了起来："等一下！是你！我——"

"你不会介意我在这里留下一些圣诞的痕迹吧？"马力将手伸进口袋，然后将一小片白色雪花举在空中，未借助任何外力，雪花自然地飘浮着，简直不可思议。他用食指轻轻弹了一下，雪花就开始转动起来，越转越快，越转越快，然后——

下雪了。

乔治仰起头，正好看到新鲜的雪花在天空中飘散。雪花飞得极快，他已经分辨不出哪一片才是被施了魔法的。"哇！"他惊呼着，用舌头接住了一片，想要验证一下这是不是真的。"刚刚还是晴天呢！"

"我想是天空改变了主意。"马力摘下帽子跟乔治告别，然后就快速转身走开了。他告别的话越过肩头飘向了乔治："你知道的，乔治，魔法唯一的障碍

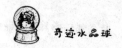

就是人类想象力的局限。”

然后他就走了，溜出公园大门，走到了外面被白雪覆盖的街道上。

“等一下！”乔治跳上长椅，将脖子伸过栅栏，却发现马力已经消失不见了。雪下得很厚，人行道上已经结了一层白霜，根本看不到马力的足迹。

“你是在抓雪花吗，乔治？”此刻弗洛奶奶正站在他的正下方。她的脸颊被冻得苍白，睫毛上还挂着雪花，看起来就像一个善良的冰雪女王。“你知道吗？你在下面也能抓得着，而且你摔断锁骨的可能性还要小得多。”

“你刚刚看到一个高个子的男人了吗？”乔治一边问，一边继续伸长脖子望着栅栏那边，“戴着奇怪的帽子，还拿着旧报纸的那个？”

“我没看见，亲爱的。我刚才忙着看我在池塘里的倒影呢。”弗洛奶奶伸出一只手，想要扶他下来，“在我们变成雪人之前，快下来吧。咱们家的水壶烧开了，

我发誓我都听见它呼唤我的名字了。"

他们慢慢踱着步往家走去。弗洛奶奶每走几步就停下来祝邻居们圣诞快乐。"我们最好现在把这一切都从系统里清理出去，"她用密谋的语气对乔治说，然后对旁边的一只鸽子送上了节日问候，"有时候，我觉得自己真的挺叛逆的，我也想做个路灯。"

在喝了一杯放了棉花糖的热巧克力和玩了一下午的掌上游戏机之后，乔治觉得自己终于活过来了。太阳下山时，他从卧室里出来，惊讶地发现外面还在下雪。平安夜爸爸还在上班，这对乔治来说已经算不上什么打击了。即便如此，他的胸口处还是有些刺痛。可可的到来分散了他的不开心，小猫咪在他的脚踝处蹭了蹭，仿佛感知到了他的孤独。

乔治跟着可可来到客厅，弗洛奶奶正坐在沙发上织毛线。

"你知道吗？乔治，有时候我觉得我们周围好像

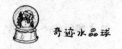

有魔法一样。"她一边说着，一边仰起头朝他微笑，"很难发现，但却很容易感受到，就像鞋子里面的小石子一样。这听起来是不是有点儿疯狂？"

乔治慢慢地走进客厅，回答着奶奶的话："事实上，我觉得这一点儿也不疯狂。"

弗洛奶奶放下手中的毛衣针。"我只是注意到墙上那幅老沃尔特·毕晓普的肖像有了一些奇怪的变化，"她指着墙上的那幅画说，"这么多年来，他一直是愁眉苦脸地看着远方，可现在他看起来像是在微笑。你看到了吗？"

乔治将喉咙里突如其来的干涩咽下："是的，我看到了。"

"哦，太好了。"她的肩膀放松了下来，"我还以为是我自己想象的呢。"

"绝对不是。"乔治坚定地说。

弗洛奶奶"嗯"了一声。"要是我不了解情况的话，我会以为他半夜从画里爬了出来，进行了某种不可能

的冒险，后来当他再回到自己画像里去时，他已经完全不记得该怎么皱眉了！"她大笑了两声，"你能想象出来吗？"

"我真的能，"乔治说，昨晚的兴奋感再次涌上了他的心头，"事实上——"

"不过这当然是不可能的。"弗洛奶奶插嘴说。

"好吧，"乔治的心一沉，"根本就没有什么魔法。"

"不。我说不可能，是因为你不可能不带我一起去冒险。"弗洛奶奶的眼睛透过镜片闪着光，明亮的绿色宛如德文郡乡村的景色，"对吧，乔治？"

乔治慢慢地摇了摇头："我……不是故意的。"

"我也是这么想的。"她朝他使了个眼色，在乔治还没弄明白她眨眼是什么意思，或者他应该从中获取些什么信息的时候，她就跳下沙发，匆匆走进厨房了。"现在，在我爬到厨房水槽下面的时候，帮我盯着点儿前门。我确定自己把肉桂藏在这里的某个地方了，我真不觉得热巧克力里面加上点儿肉桂有什么不好的。

119

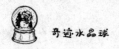

你说呢？"

　　当弗洛奶奶像只老鼠一样在厨房的橱柜里爬来爬去的时候，乔治一直警惕地盯着前门，确保他的爸爸在几小时内都不会进来。他会将自己淹没在电子邮件、电话和没完没了的文书工作中，还有任何能让他不去想昨晚将他滚着送回家的神奇雪崩事件的工作。

　　将杯子洗好收好之后，乔治回到了卧室。他把雪花水晶球藏在了枕头下面，接着他小心翼翼地从笔记本上把新画的画撕了下来，塞在水晶球旁边。

　　可可站在窗帘杆上面，摇摇晃晃地看着他。

　　"今晚，我还要再试一次我们的奇迹，可可。这一次我绝不让爸爸逃避。"

　　这是乔治对自己的庄严承诺，他要在圣诞节的黎明之前，将节日的氛围带回到埃比尼泽大街7号。

绝望的孩子

　　乔治整晚都蜷缩在沙发上，埋头看着漫画。弗洛奶奶在一旁陪着他，可可全神贯注地研究着她的毛衣针发出的咔嗒声。弗洛奶奶会时不时地抬头看一看沃尔特·毕晓普的油画，看看他是不是还在微笑，然后她自己跟着傻笑一下。

　　偶尔，乔治也会抬起头看一眼。

他会如释重负地轻舒一口气，提醒自己这是真的。

昨晚发生的是真的。

是真实存在的。

即便如此，埃比尼泽大街 7 号的房子里的气氛还是很沉闷，圣诞节的欢乐气氛绕开他们家，横扫了整个伦敦。乔治尽量控制自己不去看墙上的钟表，想着爸爸什么时候才能回来。六点到了又过去。乔治和弗洛奶奶穿着睡衣，看了一档愚蠢的智力竞赛节目。钟表的指针转到七点，又转了过去，紧接着便是八点，时针慢慢地向九点移动着。当他们的胃再也无法忍受的时候，弗洛奶奶准备了晚餐，那是一种完全没有节日气氛的农家馅饼，他们配了一杯牛奶吃了下去，甜点则是夹心巧克力派。

后来，弗洛奶奶又看了一部黑白老电影《卡萨布兰卡》，而乔治则一直看着墙上的钟表。平安夜晚上的十点五十八分，伴随着"砰"的一声关门声，爸爸回到了家。他将头探入客厅，和乔治对视了半秒钟，

然后溜回了走廊。"我要去睡觉了，"他一边走一边喊，
"明天早晨见。"

弗洛奶奶关掉电视："等一下，雨果！你的晚饭
在烤箱里呢，你儿子等了你一晚上了。"

"我已经吃过了，"乔治的爸爸隔着客厅的墙回答，
"如果我不赶紧上床的话，我会站着睡着的。"

然后他就走了，关上的卧室门将战线隔离开来，
避开了客厅中的那幅油画，也避开了油画下面那两位
非常活跃、皱着眉头互相看的毕晓普。

弗洛奶奶叹了口气说："好吧。"

"很好。"乔治站起来说，"我也要去睡觉了。"

弗洛奶奶皱着脸将他拉过来抱进怀里。"对不起，
乔治，"她小声说着，她温暖的呼吸吹在乔治的耳朵上，
"我真的，真的很抱歉。"

"您没什么好抱歉的，"乔治说，尽量让自己忽
略她声音中的沙哑，"圣诞快乐，奶奶。"

她亲吻了一下他的额头："圣诞快乐，我亲爱的

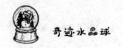

孩子。"

十分钟后，乔治裹紧身上的睡袍走在走廊上。房子里出奇的安静，寂静之中夹杂着乔治的脚步声和紧张的喘息声。一缕光从他父亲房间的门缝里透了出来。

"我就知道你不是真的睡着了。"乔治喃喃着。他轻轻敲了敲门。"爸爸？我能和你谈谈吗？"

似乎过了很久，才传来一声——"进来吧"。

乔治的爸爸坐在床边，划着手机。台灯的光将他的脸庞藏在阴影中，让他看起来苍老了许多。

乔治在床头柜边徘徊着。

"有什么事吗，乔治？"爸爸放下手机，"你应该去睡觉了。马上就午夜了。"

"我只是有点儿东西想要给你。"乔治说。

爸爸眯起眼睛说："我们家里不送礼物。"

"这只是一幅画。早些时候我在公园里画的。"乔治从睡袍的口袋里掏出一张纸递给了爸爸，"这是我们。你、我还有妈妈。你还记得我们最后一次在一

起过圣诞节的时候吗？当时我们——"

"是的，当然。"爸爸看了看纸，发现画上的雪人戴着他最喜欢的绿色帽子。他的嘴角抽动了一下，但只有很短的一瞬。"谢谢。还有别的事情吗？"

乔治又从口袋里掏出一幅画："还有这个。"

房间里安静得吓人，乔治的画准确地捕捉到了看到自己头朝下冲向雪崩时，爸爸脸上惊恐万分的反应。他眨了眨眼，仿佛烫手一样，将那幅画扔掉。"乔治，你的想象力真的很丰富。"

乔治狠狠地瞪了爸爸一眼："我知道你还记得昨晚发生的事情，爸爸。你别装了。"

爸爸怒视着他："上床去。现在，立刻，马上！"

"不。"

"乔治，不要试探我的底线。"

乔治走到床边，猛地一下拉开窗帘。满月让卧室沐浴在一片银光之中。

"你在干什么？"爸爸问。

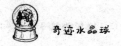

　　乔治从口袋里掏出那个雪花水晶球，像捧着一颗炸弹一样举在两人中间："再尝试一次。"

　　爸爸爬到床边："你拿它干什么？"

　　"我要摇晃它，有目的性的。"乔治仰着头说道，"我会不停地摇，不停地摇，不停地摇，直到奇迹出现！"

　　他真的这么做了。

　　乔治的爸爸冲向水晶球，但乔治已经后退。"我想要再试一次！"他对着天花板大喊着。

　　"乔治！停下来！"爸爸猛地回过头，疯狂地找寻着房间里某幅行为失常的油画或是一株随时可能复活的室内植物，"邻居们会以为我们疯了的！"

　　"我想要我们的世界更大一点儿。"乔治一边摇晃着水晶球一边说。

　　水晶球开始发光。

　　"乔治！我知道了！"

　　"我想要我们的世界更明亮一些！"乔治的手

掌很快就暖和了起来，热量渗入他的血液，冲向他的心脏。

"把那个该死的东西放下！"爸爸喊道，"在你给我们带来又一个可怕的诅咒之前，赶紧放下！"

"又一个可怕的诅咒，"乔治的内心有着一丝欣喜，"我就知道他还记得。"

"我想要我们的世界再次充满色彩！"他接着说道，感觉自己的胆子似乎更大了一些，"就像妈妈活着的时候一样！"

他的爸爸气得上蹿下跳，都快把自己的头发扯掉了："马上停止胡闹！"

"我希望我们的生活里满是爱我们的人！"乔治喊着，那个水晶球热得要把他的手掌烧出一个洞来，"我希望我们的生活里都是我们爱的人！"

雪花水晶球突然闪了一下——又亮又白，晃得人睁不开眼——然后就熄灭了。乔治把它扔到了床上。

"好了，"他上气不接下气地说道，"现在都结

束了。"

寂静在他们周围蔓延，像一个气泡，膨胀、膨胀、膨胀，然后——

什么都没有。

一分钟过去了。

又一分钟过去了。

乔治的爸爸松开他的肩膀，对他说："好了，我希望这件事到此为止。"

乔治用力瞪大眼睛，瞪得眼睛都刺痛了。"等一下，"他恳求着，"求求你了，爸爸。"

"到底要等什么呢？"

乔治转过身来，拼命想要听到魔法的低语声，可除了盥洗室内水龙头滴水的声音，什么也没有。爸爸在地毯上不停地跺着脚。

乔治的心沉了下去："他说谎。"

"什么？"

乔治摇了摇头："没什么。我只是想……我原

以为有些事情会发生的。有那么一分钟，我真的觉得
会的。"

"你被刺激过头了，"爸爸故意说道，"你被这
些幻想搞得心烦意乱。这就是你的命运。记住了吗？
你所有的希望都不能给任何人带来任何好处。"

"但这是圣诞节。"乔治瘫倒在床上，"我只是
希望它能回归原来的样子。"

"它再也不会回去了，乔治。它怎么可能回去
呢？"爸爸在他身边坐下，手紧紧地搭在他的肩膀上，
"我们必须接受现实，不要试图去改变这一切，那样
只会让我们变得疯狂。不要担心那么多，再过大约
二十四小时，圣诞节就会过去，然后我们又可以恢复
正常了。"

"正常"这个词刺痛了乔治的心。他们的家，这
个奇怪的空洞的空间里，一点儿也不正常。现在这里
就像一个墓地，孤独像湿气一般从墙面渗出来。

乔治吞吞吐吐地说："今晚我不想一个人睡。"

爸爸叹了口气，拉开了毯子："那么你就待在这里吧。直到……"他的声音渐渐消失了，但乔治能听得到他脑海中的余音。

"直到你妈妈的忌日结束。"

乔治把雪花水晶球塞进口袋里，蜷缩在羽绒被下面。爸爸关掉台灯，翻了个身。他们两个背靠着背，都怀揣着一颗破碎的心。乔治很快在爸爸持续不断的鼾声中睡着了。

与此同时，他口袋里的雪花水晶球像月亮一样闪着光，发出了秘密的咒语。

书架上的精灵

圣诞节早上六点四十三分的时候，有人敲雨果卧室的房门。

咚咚咚！咚咚咚！

雨果翻了个身。他的脸颊紧贴在枕头上，下巴还淌着一道口水。在他身旁，他的儿子正在睡梦中微笑着。乔治梦到了一家有魔法的商店，店里还有一位有

着冰蓝色眼睛的老人。

咚咚咚！咚咚咚！

敲门声越来越响，尽管乔治被睡意深深束缚着，但他还是动了动。他睁开一只眼睛，含糊不清地说着："爸——爸？门口有人。"

咚咚咚！咚咚咚！

第三次敲门声带着一丝不耐烦和坚持不懈。就在这时，雨果睁开了眼睛。"什么声音？"他抬起手越过枕头，打开了床头灯，"谁在敲门？"他踉跄着起身，穿上了睡衣。

卧室的门"吱呀"一声开了。

"哟嘿？"一个细小的声音传来，"是有人点了份奇迹吗？"

乔治的爸爸一下子跳上了床垫。"快起来，乔治。快点儿！"他一边说着，一边用脚碰了碰乔治，"有个入侵者！"

乔治睡眼惺忪地盯着那扇门，但他并没看见有人

进来。他跟着爸爸爬了起来，隐约感觉到口袋里有一股热气在燃烧着。"爸爸，我不——"

"嘘！我想我们家进小偷了。"

房门"砰"的一声被关上！紧接着是一阵细碎的脚步声。乔治和爸爸低下头，眼睛突然睁得大大的。

一个小精灵正在地板上踱来踱去。她看起来像是木头做的，身上穿着一件红绿条纹的连体衣，还戴着一顶相配套的绿色帽子。乔治一下就认出了她，他在马力的圣诞玩具店里的一个架子上见过她。

她停下来，抬起头看着他们："对不起，我迟到了。"

乔治的爸爸尖叫起来。

乔治突然清醒过来了，他一把抓住爸爸的肩膀："冷静下来，爸爸。这就是奇迹。坐下来。深呼吸。"

雨果倒在枕头上，眼睛仍盯着小精灵不放。"乔治，你又做了什么？"他惊恐地说，"我的心脏受不了了，再也承受不了刺激了。"

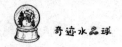

　　"放松点儿，爸爸，"乔治说着也跟着坐了下来，"她很小的。"

　　"我才不在乎她的大小。她根本就不应该出现在这里。"乔治的爸爸厉声说。

　　"事实上，就我的种族而言，我算高的。"小精灵尖声说。

　　"哪一个种族？"乔治好奇地问。

　　"节日木偶。"他们看着她一路走到床尾，然后迅速爬上乔治的爸爸的书架。她的腿滑了几次，在最后一秒她用细长的手臂抓住了书架，让自己不至于掉下去。

　　"请，不要，介意。"她气喘吁吁地说，"我，喜欢，坐在，架子，上。无论在哪里，都尽可能地坐下。"她在半截停了下来，喘了口气，回过头对他们咧嘴笑了笑，"然后，我就会在那里，看着人们，看上几小时，几天。或者几个星期，如果时间允许的话。这是我最喜欢做的事情了。"

　　她继续向上爬，这一次她用自己凹凸不平的膝盖向架子的最高层移动着。"来吧，特丽克西。你可以的。从书架着手，像书架一样思考，成为架子的一部分。集中注意力，就是这样，集中注意力。"

　　乔治的爸爸向乔治靠近了一些，小声对他说："乔治，如果我们逃跑——"

　　"不可能。"还没等他说完，乔治就打断了他。

　　小精灵——也许大家都叫她特丽克西——在书架顶上晃了晃松动的腿，然后在书架后面爬了起来，她的脸在木架上蹭来蹭去。"明天可能会疼，可能还需要再涂一层清漆。"她呻吟着说。

　　"如果她想要杀了我们呢？"乔治的爸爸小声问，"你看她那个笑容，一点儿抽搐都没有。还有嘴为什么要咧得那么宽呢，乔治？这一点儿都不自然。"

　　"嗯，当然不自然了。不可能自然的，"乔治说，"而且她也不会杀了我们的，爸爸。她是木头做的。再说了，你看到武器了吗？"

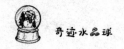
"她的帽子里也许藏着东西呢，乔治。"

乔治翻了个白眼："她的帽子里没有东西。"

"这倒是提醒我了，"特丽克西说着，把双腿悬在架子上，"我的帽子里还有东西呢。"

"啊！"乔治的爸爸怒吼着，"我就知道，你这个面目狰狞的白痴！你要是敢动什么手脚，天一亮我就让你变成柴火。"

特丽克西看了看乔治问道："他总是这样吗？"

"不幸的是，是的。"乔治说。

特丽克西摘下帽子，在里面翻找着："我现在都不想把这个给你了，但如果我不给你的话，马力就会把我放到淘气角，我讨厌那里。你昨晚把这个给落下了。"她从绿色的小帽子里抽出一只蓝色的大拖鞋，用惊人的力量朝房间的另一端丢了过去。它刚好打在乔治的爸爸的脸上。

"嘿！"他大喊着。

乔治用袖子捂着嘴笑了。

　　"我觉得你是想要跟我说谢谢。我本来是不想在德文郡的乡间跋涉寻找这东西的，尤其是你在粗鲁地和第一位奇迹创造者说话以后，就更不想了。我们也是有感情的。"特丽克西说着，重新戴上了帽子，"既然事情已经办完了，那我们是不是就该出发了？"

　　"去哪里？"乔治一边说着，一边坐直了身子。

　　"不，"爸爸断然拒绝道，"我们不会跟你去任何地方的。"

　　"如果我说请呢？"特丽克西甜甜地说。

　　"不。"

　　"那好吧，"她一边说着，一边前后摆动着双腿，"如果我说，事实上，雨果，这只是一种形式。在这里，有的是比你最恶劣的情绪还要强大得多的魔法，而且，对于即将到来的冒险你也别无选择，不管你喜欢与否，你都得跟我走。"

　　乔治的爸爸哼了一声："一个还没法棍面包大的小精灵，怎么可能把我带到任何违背我意愿的地方

去呢？"

特丽克西用她的小木手捂着嘴咯咯地笑了："哎呀，我可真笨。我就知道自己有件事情忘记说了。我还带了一个朋友来。"

"究竟是谁——"

他剩下的问题淹没在接下来的重大变故中！

乔治猛地一转头，刚好看见卧室门再次被撞开。墙壁在战栗，梳妆台上的抽屉也嘎吱作响。一个巨大的身影瞬间填满了门框，奇怪的银色枝丫在黑暗中冲他们闪着光。

乔治在床垫上向后退着。

特丽克西兴奋地挥着手："各位，这是我的密友兼知己，伦道夫。伦道夫，这是乔治·毕晓普，这次奇迹的请求者。现在紧紧抓着床柱的那个人是奇迹的主角，乔治的父亲雨果。看起来我们手上有个中级的吝啬鬼，不过没关系，没什么是我们处理不了的。进来打个招呼吧！"

那个黑影咚咚咚地穿过门框，半个身子进到了房间里。它在床边滑了一下停了下来，低下它那猛犸一般的头向人致意。它银色的鹿角尖差点儿把乔治的眼珠子挖出来。

乔治呼哧呼哧地喘着气："这是……是不是……看起来……像……"

"是一只紫色的驯鹿！"爸爸大声喊道，他现在正紧紧地贴在卧室的窗户上，尽可能地离那个动物远一点儿。床头的灯光洒满了整个房间，照在伦道夫紫色的身躯上，映出紫罗兰色的光芒，"离它远一点儿，儿子，不然它会吃了你的！"

特丽克西砸了砸舌头："驯鹿是食草动物，雨果。连我这个像圣诞装饰品一样的空洞脑袋都知道。它如果饿了的话，可能会去吃你的窗帘，但我倒是不太担心这个。它刚刚吃了你邻居家的花环，所以它应该不太饿。"

为了不惊扰到它，乔治慢慢地向驯鹿移动过去。

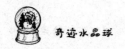

"嗨，伦道夫，"他小心地打着招呼，"我很喜欢你的鹿角。它们真的很酷。"

伦道夫眨了眨它那双棕色的大眼睛，用鼻子喷了一口气以示感激。

"它……它会说话吗？"乔治问特丽克西。

"它可是一只紫色的驯鹿。这对你来说还不够惊讶吗，乔治？"

"它会飞吗？"雨果下意识地问。

"别说胡话了，雨果。驯鹿不会飞的。"

乔治皱起来眉头："等一下，那么鲁道——"

"别提那个名字！"特丽克西叫嚷着。

"——夫。"可乔治还是说了出来。

伦道夫跺了跺脚，窗框跟着摇晃了一下，墙上的水泥像雪花一样掉了下来。乔治的爸爸躲在窗帘后面小声呜咽着。

乔治困惑地环顾着四周："我只是想问——"

"别提那个鲁字。"特丽克西喊道。她现在上蹿

下跳的，把书架上的书扔了下来，以引起乔治的注意。
"你只会惹它生气！"

可这已经太迟了。伦道夫愤怒地哼了一声，当它转过身的时候，蹄子在地板上发出尖锐的踩踏声，现在只留下一个屁股正对着乔治的脸。

"对不起，伦道夫，"乔治说，"我以前从没见到过紫色的驯鹿。我不知道那个'鲁'字是个坏词。"

特丽克西叹了口气："严格来说，它并不是个坏词。只是伦道夫和你说的那个家伙是兄弟。它们已经疏远很多年了，一直保持敌对态度。这就是原委。"她轻蔑地挥了挥手。"我不想谈这个。一方面，我们没时间了；另一方面，这会让伦道夫心烦意乱。"

伦道夫哼了一声以示赞同。

乔治看起来迷惑不解："所以，我猜你们俩都是为圣诞老人工作的，对吗？那么……"

特丽克西哼了一声。"你刚才没注意听吗？我们为马力工作。"看到乔治一脸茫然，她又接着说道，"圣

诞老人负责礼物，我们处理好奇心。与魔法相关的事宜——不仅仅是玩具、书籍或者小狗之类的，必须要被监管，我相信你能想象得到，这年头的官僚作风，对吧？"

乔治盯着她："我有点儿糊涂。"

"很好。"特丽克西笑着说，"我们继续吧，好吗？伦道夫，请到这边来。"

伦道夫噔噔噔地走到书架前，站在特丽克西的下面。

"好了，两位毕晓普先生，请尽情欣赏吧。"小精灵踮起脚尖，走到书架最高一层的边缘。她把双臂伸过头顶，双手合十，从根本就不存在的鼻孔里吸着气，"为了圣诞和国家！"她喊道，然后从书架上跳了下去。

她在空中飞着，变成了一道模糊的绿影，在距离伦道夫只有三十厘米远的地方，从它身边擦肩而过，她的脸随着一声巨大的撞击声贴在了地上。

乔治"啊"了一声。

"她怎么能偏了呢？"爸爸低声说。

"啊，我的天！"特丽克西翻过身说道。她朝他们眨着眼睛，胳膊和腿像海星一样大敞四开。她的笑容还是那么灿烂。"我总是忘记自己的深度知觉很差。"

"你还好吗？"乔治盯着她问道。

特丽克西站起来说："再好不过了！"

伦道夫低下头，递给她一只银色的鹿角。她紧紧地抓着鹿角被吊在空中，然后灵巧地转个身，坐到了它的头上："好了，谁想要下一个上？"

"我们俩谁也不想，"乔治的爸爸立刻说道，"我不可能到那个东西上面去的。"

乔治已经站了起来："我来！"

爸爸紧紧跟在他的身后，一把抓住了他睡衣的兜帽："你不能去。"

伦道夫用鼻子吹了一声口哨以示警告。乔治的爸爸举起双手，向后退了一点儿："别激动，大个子。"

乔治没有浪费这个机会。他抓住一只鹿角，一脚

蹬离地面。在伦道夫的帮助下，他被高高地举到空中，为了保持平衡，乔治把一条腿搭在驯鹿的背上，手指弯曲抓着伦道夫的毛。那是一种深紫色，宛如奢华的地毯一般的毛发，还闪耀着一点点光泽。这一刻，乔治认为一只巨大的紫色驯鹿远比一只有着闪亮红鼻子的驯鹿要令人印象深刻得多。

"乔治·毕晓普，马上给我下来！"

特丽克西环抱双臂，凝视着乔治的爸爸："乔治想干什么就干什么。你又不是他的老板。"

"作为他的父亲和法定监护人，我想你会发现我确实是他的老板。"

"事实上，今晚你们俩正式接受马力的管理了。"

"你这话是什么意思？"

"意思是你要骑到这只驯鹿身上来，雨果。"

"除非你强迫我。"乔治的爸爸生气地说。

特丽克西看了看乔治，问道："我可以吗？"

乔治点了点头："当然。"

伦道夫尽可能优雅地勾住乔治的爸爸的睡衣腰带，将他顶了起来。当他被抛向空中，落到驯鹿的背上时，他胡乱拍打着，不停地发出拍打声和尖叫声。

他一脸不满地落在乔治身后："哎哟。"

"这儿，"乔治一边说着，一边帮他把腿伸出来，"稍微向前弯一点儿，可以保持平衡。"

"马上让我下去，"爸爸要求着，"这是绑架，是违法的。"

特丽克西喘着粗气说："你是说马力的法律吗？"

"什么？不是，你这个榆木脑袋的小玩具！我说的是真正的法律，用来统治社会的。"

"哦，好吧，那我就放心了。"特丽克西的靴子后跟旋转着，她一只手握住一只鹿角说道，"我们不回答这个问题。"

乔治的爸爸还没来得及回答，她就将头向后一仰，喊道："出发吧，伦道夫！为了圣诞和国家！"

"为了圣诞和国家！"乔治也跟着喊道。

　　"我要把你的帽子摘下来，特丽克西！"乔治的
爸爸喊着。

　　然后他们就出发了，飞快地穿过破损的房门，跑
进走廊，将各种各样的疑问远远地抛在身后。

14

走廊上的障碍物

　　不到五秒钟，伦道夫就滑倒在浴室外面。乔治一头撞到了驯鹿的脖子上。他爸爸先是被他的肩胛骨撞到鼻子，随后两个人都因为突然的撞击而发出了痛苦的呻吟声。

　　"这该死的东西真该配上安全带。"乔治的爸爸一边说着，一边将身体移正。

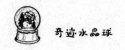

雨果小心翼翼地用手指按了按鼻子，确保自己的鼻梁没有被撞坏。

"喂喂喂喂——哦哦哦哦，喂喂喂喂——哦哦哦哦，喂喂喂喂——哦哦哦哦。"与此同时，特丽克西正在竭力模仿警笛的声音。"路上有障碍物！我重复一遍，路上有障碍物！"

她摘下帽子，从里面翻找出一件黄色的防护背心，然后迅速穿上。"大家都不要动，"她一边说着，一边将尼龙搭扣系在她的连体衣上。"据我所知，这可能是个小精灵。"

乔治低头绕过伦道夫的鹿角，发现奶奶正站在走廊的中央。她穿着粉红色的荷叶边睡衣，头发还用卷发棒卷了起来。"好了，好了，好了，"她一边说着，一边将一杯茶端到了胸前，"那么，这究竟是怎么一回事呢？"

"你没事吧，妈妈？"乔治的爸爸尖声问道，"我可以解释这一切的。请你不要惊慌！"

“我没有惊慌，雨果。”弗洛奶奶平静地说。

“那就去叫警察吧！这些东西违背我们的意愿绑架了我们！”

“事实上，我是自愿的。”乔治说。

弗洛奶奶眨了眨眼睛：“我知道原因。这看起来还挺有趣的。”

特丽克西扭头看了乔治一眼：“我非常喜欢这位女士。”

“奶奶喜欢冒险，”乔治说着，想起了昨晚他们的谈话，“我们能带着她一起吗？”

“好主意。”特丽克西转向弗洛奶奶，挺直了腰板——她穿鞋的时候身高是三十厘米——问道，“花头女士，”她用迄今为止乔治听到过的，她最正式的声音，宣布道，“我们即将开始一场圣诞冒险。您愿意加入我们吗？”

“你们要去哪儿？”弗洛奶奶问。

“这是个秘密。”特丽克西说。

　　"好吧，你已经说服我了。"弗洛奶奶将茶杯放在墙角，然后慢悠悠地走回卧室。她回过头说，"我马上就回来。"尽管特丽克西之前很着急，但此时还是盘腿坐在伦道夫的头上等着她。

　　"我还以为我们很赶时间呢。"乔治的爸爸直接说道。

　　特丽克西耸了耸肩回答："有些冒险家是值得被等待的。"

　　"我想还有些是值得违背他们的意愿被绑架的。"他酸溜溜地说。

　　特丽克西点了点头说："很精确。"

　　"你是怎么区分出来的呢？"乔治问。

　　"我可是很聪明的。"小精灵严肃地说。

　　当弗洛奶奶从卧室里出来时，她的冬青发卡紧紧地夹在两个卷发棒的中间。"好极了，"特丽克西赞许道，"您穿得正合适呢。"

　　弗洛奶奶伸出双手："别只坐在那儿盯着我看，

孩子们。搭把手，帮我一下。"

在伦道夫的帮助下，在乔治的爸爸明确地拒绝下，乔治成功地将弗洛奶奶拉到了驯鹿背上，并帮助她在他身后的空位上安坐下来。

"女士、先生，还有心怀不满的吝啬鬼，我们准备出发了！"特丽克西一边说着，一边走到鹿角旁，"每个人都准备好了吗？"

"准备好了！"乔治说。

"看在上帝的份儿上，不要！"爸爸大喊着。

"我们出发了！"弗洛奶奶欢呼着，高兴地踢着腿，"为了圣诞和国家！"

伦道夫以迅雷不及掩耳之势飞奔而出，它放弃了所有常规的出口，径直穿过走廊尽头的墙壁，一下跳到了大街上。

"你疯了吗？"乔治的爸爸叫喊着，当他们落在人行横道上时，发出了"砰"的一声！柏油马路在他们身下噼啪作响，空中突然响起了三声汽车的警报声。

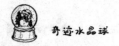

"我们差点儿就死了!"

"但,关键是,你并没有,"特丽克西愉快地说,"好的开始是成功的一半。"

"俗语可不是这么用的。"

"我必须说,我很享受刚刚与死神擦肩而过的那一瞬间,"弗洛奶奶一边调整着自己的身体,一边说道,"我已经很久没有看到自己的生活一瞬间从我的眼前闪过了,那是一种在极度恐惧的状态下才会有的感觉。"

此时乔治感觉恶心得说不出话来,他只好把注意力都集中到周围的环境上。他看到红绿灯交替闪烁着,附近的知更鸟在鸣叫着,月亮正从天空中消失。水坑几乎都消失了,最后的一点儿雪也在慢慢融化。

伦道夫在雪中不停地进进出出。当他们经过时,公园在仙女般的灯光下一闪一闪的,树木在铁艺栏杆后摇曳着。当埃比尼泽大街上的孩子们在黎明时分起床迎接圣诞节时,天空变成了粉红色,远处的窗户上显现出一张张小脸。

他们很快就把熟悉的街景抛在了身后，疾驰于蜿蜒的小巷之中，小巷直接延伸到宽阔的道路上。这座城市放弃了砖砌，转而使用铬合金和混凝土。玻璃橱窗的商店紧密地连接在一起，圣诞拉花像闪闪发光的金色星球一样点缀在它们之间。四周的空气越来越清新，但乔治却没有感受到那股寒意。他正忙着看这个闪闪发光的世界。

黑色的出租车已经开始营运了，在他们疾驰而过的时候，琥珀色的灯光在他们的眼前闪烁着。还有公交车，每一辆都被染成了浆果色。乔治很想知道，如果乘客们看到他们——三个穿着睡衣的冒险家和一个迷你小精灵，骑着一只巨型的紫色驯鹿穿过伦敦的街道，会是一种什么样的反应。谢天谢地，伦道夫是悄无声息地溜过去的，他们看不见，马力的奇特魔法将他们笼罩在自己的秘密泡泡里。

太阳从地平线上露出头来，昨夜的最后一缕云正在消散。乔治越过远处的房顶，凝视着伦敦眼，它宛如

一片巨大的雪花俯瞰着这座城市。当他们朝着河岸飞奔的时候，他还闻到了风吹来的河水的味道。当他们极速跳过滑铁卢桥时，弗洛奶奶高兴地大声欢呼着，脸颊都抖动了起来。

"快到啦！"特丽克西一边说着，一边向右来了一个急转弯，他们差点儿从驯鹿身上甩下去。乔治的爸爸把注意力都集中在了路牌上，把自己搞得头晕目眩的。

"我们现在在哪里？"他不厌其烦地问着，"这里看起来像舰队街，但我发誓我们刚刚从这里经过了。如果我们能放慢一点儿速度，那我就能看到——"

弗洛奶奶将一只手轻轻地放在他的胳膊上："试着去享受它，亲爱的。我们该到的时候就到了。"

"但，到哪里呢？"

"嗯，没错，"她心平气和地说，"这就是乐趣所在。"

特丽克西引导着伦道夫走上了一条狭窄的鹅卵石

小路。她指着一家挂着紫色糖果条纹遮阳篷的面包店兴奋地说："那是勒雷恩·维奥莱特家，他家的主人塞莱斯特是我创造的第一个奇迹。她是个有着超大酒窝的小女孩儿。你能相信吗？她现在已经九十八岁了！但她做的羊角面包还是泰晤士河这边最好吃的！"

当乔治伸长脖子，想要看清楚些时，面包店已经不见了。

"等一下，"雨果突然尖叫道，"我知道那家面包店，它在伦敦东部。就在附近……天哪。"

乔治突然坐直了身子，一种奇怪的、恶心的感觉在他的胃里积聚起来。

当他回头看时，他发现爸爸的脸上已经没有血色了。"哦，不。"他低声说着，"不，不，不。不要来这里。除了这里，哪里都行。"

当乔治转回身来，鹅卵石小巷已经变成了一条绿树成荫的街道。一排熟悉的五颜六色的房子像彩虹一样在他面前蔓延开来。这些房子又高又窄，向天空笔

直而去，仿佛要用烟囱将云层刺穿。

在这个特别的圣诞节早晨，他们似乎做到了。尽管伦敦其他地方的天气干爽晴朗，但克拉特吉特·克雷特大街还是在下着雪——紫色的驯鹿在这条街上游荡着。

巧合的是，这条街恰好也是乔治的表姐妹们居住的地方。

15

一封神奇的信

　　他们身处克拉特吉特·克雷特大街，那些万花筒似的房子都挤在一起，像手风琴的风箱一样，紧密地贴在一起。63号被粉刷成了明亮的宝石蓝色，它的拱形窗户宛如警觉的眼睛一般注视着窗外的街道。前门和雪人的鼻子一样，都是橙色的。即使隔着很远的距离，乔治还是能看到挂在门上的冬青树花环。

"所以，你的计划到底是什么，特丽克西？"乔治的爸爸一边抖落着头上的雪花一边问道，"你觉得黎明时分骑着巨大的紫色驯鹿，出现在爱丽丝和伊莱的家门口，除了造成巨大的恐慌和混乱，还能有别的什么吗？还是说你想让他们可怜的孩子们留下终生创伤，就像你轻易地伤害我一样？"

弗洛奶奶从口袋里翻了翻，掏出一块佳发蛋糕："雨果，亲爱的，吃一口这个，冷静冷静。"她一边说着，一边从肩膀上递了过去，"适时地补充一些碳水，总能让人正确地看待事物。"

他伸手将蛋糕打飞："妈妈，我是认真的。这都是乔治惹出来的麻烦，没必要把别人都牵扯进来。"

乔治看着表姐妹家的房子，感到越来越不安。他想要压制住自己的怀疑，但这种感觉越来越强烈，越来越难以忍受。"这也许不是个好主意……"

特丽克西转过身，满脸疑惑地看着他说道："可我只有好主意。"

"但如果我们把他们吓着了，毁了他们的圣诞节可怎么办呢？"乔治焦急地问，"他们还有一个刚出生的宝宝。"

"他们又有了一个新宝宝？"爸爸说完才意识到，他清了清嗓子，接着说道，"是的，没错。我们必须考虑到孩子。"

"如果这个孩子就是我们到这里来的原因呢？"弗洛奶奶思忖道，"这就是你想要的吗，乔治？见一见你的新表弟。"

乔治瞥了一眼爸爸那张冷酷的脸，他两侧的太阳穴上青筋直跳。他看起来根本就不可能会改变心意。"我只是不知道这是不是正确的奇迹……"

"停止前进！"特丽克西喊道。

伦道夫猛地停住了脚步，蹄子在结冰的街道上打滑。

"出现了一个严重的误会，伦道夫。在这事到达马力那一层之前，我们必须立即进行核查。"特丽克

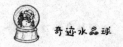

西脱下防护背心，迅速摘下帽子，把背心塞了进去，然后拿出一件小西装和配套的灰色领带。她套上西装，把领带在脖子上打了个圈，然后打了个结系紧。"请大家耐心听我讲。我会尽可能快速而轻松地把这事解决完。"

她把手伸进帽子里，抽出一张长长的字条，字条上密密麻麻地写了很多。接着她又拿出一副很小的眼镜，可这眼镜对她来说还是太大了。在尝试了三次之后，也没能在鼻子上将它架住，最终她不得不放弃了。"哦，没关系的，"她说着，将眼镜扔回帽子里，"我的眼睛是墨水做的，没有眼镜也能看清楚。"

伦道夫不耐烦地刨着地面。

"好吧，让我们看看这里。"特丽克西浏览着那张字条，字条越滚越长，落在她的鞋子边，又落在了驯鹿的头上。它用鼻子吹了一下，想把字条吹走。"乔治说，'我想要我们的世界更大一点儿。'"她停下来，从字条上方看了看乔治，然后换了一种声音，用一个

低沉、暴躁的男中音接着说道，"'乔治！我知道了！'这是你说的，雨果。"

乔治的爸爸皱起了眉头："你没必要模仿别人的声音。"

"我喜欢全身心地投入。"特丽克西说。

她继续说着："'我想要我们的世界更明亮一些！'乔治说。'把那个该死的东西放下！在你给我们带来又一个可怕的诅咒之前，赶紧放下！'又是你，雨果。你真的有点儿过头了。大家都知道只有在万圣节才能得到诅咒。算了。乔治说，'我想要我们的世界再次充满色彩！就像妈妈活着的时候一样！'"

特丽克西回过头，意味深长地看了看那排彩虹色的房子，然后接着说道："说到这里，你就开始上蹿下跳了，雨果。然后你说'马上停止胡闹！'但乔治，你并没有停下来，我不得不说，你真棒！始终坚持你的立场。你还说，'我希望我们的生活里满是爱我们的人。我希望我们的生活里都是我们爱的人！'现在，"

特丽克西歪着头说，"这就是愿望的具体部分。我承认，关于颜色这部分是有点儿模糊的。我们本可以去乐高乐园的，那应该会更好，但当你具体说到了爱——那么，这件事就有了一个非常明确的方向。它变成了一件关于家庭的任务，这几乎就没什么可解释的余地了，相信我，我试过了。伦道夫和我真的很想去乐高乐园的。"

伦道夫发出了一声渴望的抱怨。

"我知道，伦道夫。这不公平，但总是这样的。"特丽克西一边说着，一边拍了拍它的头，"不管怎样，乔治，考虑到你的请求，这里恐怕是最合适的地方了。克拉特吉特·克雷特大街 63 号，你母亲的妹妹和她家人所在的地方。除了埃比尼泽大街 7 号的家人和你们班上一个叫萨沙的女孩儿，这里的人就是这个世界上最爱你的人了。"特丽克西放下报纸，脸上露出一丝笑容，"而且，幸运的是，这些人也是你在这个世界上最爱的人。如果这两者之间不匹配的话，那就真的很尴尬了。"

乔治的爸爸将双臂交叉抱在胸前："这并不意味着这不是一个糟糕的主意。"

特丽克西将字条卷起来。"是我弄错了吗，乔治？"她紧张地问道，"你打算告诉马力吗？拜托请你不要告诉他。我刚从去年烟花意外的惩罚中解脱出来。我怎么会想到没办法从里面点燃它们呢？"她悲伤地摇着头，"事实上，这是我在这个世界上最喜欢的工作了，也是我唯一擅长的工作。"

"你擅长吗？"乔治的爸爸怀疑地说。

特丽克西没有理会他。"我可以弥补的，"她告诉乔治，"如果你今天不想看到你的表姐妹一家人，就直说。"

乔治一边思考着，一边掸掉腿上的雪。他能感觉到父亲的目光正盯着他的后脑勺。"我倒不是不想看见他们，"他坦诚地说。事实上，他最想见的人就是他们了，"只是我爸爸说——"

"这不是你爸爸的愿望，乔治，"弗洛奶奶打断

奇迹水晶球

了他，"你可以自己拿主意的。"

"还要感谢马力！"特丽克西脱下她的西装外套
和领带，把它们揉成一团塞进了帽子里。"不然我们
很可能在参加计算器大会呢。"

"啊！"乔治的爸爸叫喊着。

"他们看不到我们的，对吗？"乔治说着，紧张
地瞥了一眼弗洛奶奶。他敢肯定，昨晚在贝尔农场，
她曾经伸出手拍了一下他的手掌，但现在她却一脸平
静，他想那也许是他的幻觉。他转过身对着特丽克西
说："他们也看不见你和伦道夫吗？"

"当然看不到。"特丽克西自信地说，"好吧，
应该看不到。他们必须非常特殊才能看到。"

"好吧。"乔治不安地说。

特丽克西用胳膊肘轻轻推着伦道夫慢跑着："你
知道的，乔治，对于魔法，有些人总比其他人更有观
察力。比如，百分之九十九的人朝着我们的方向看，
但什么也看不到，而百分之一的人可以看到发生的一

切，甚至能看到弗洛奶奶头发上闪闪发光的发卡。我喜欢把它想象成圣诞轮盘。"

"多么令人安心的回答呀。"雨果讽刺地说，"就我个人而言，我不明白当你的巨型驯鹿从前门大摇大摆地走进来，还把门框带走了一半的时候，人们怎么会不注意到我们？"

"伦道夫可以很隐蔽的，"特丽克西一边说着，一边把他们领到人行道上，"它的成绩在班里可是第一名，连续四年都是。"

"你的意思是伦道夫上过学？"乔治问。

伦道夫郁闷地哀嚎着，此时乔治第一次和驯鹿有了亲近感。

"学院，"弗洛奶奶出乎意料地回答了这个问题，"我想它应该叫驯鹿节日艺术学院，或者叫驯艺。"

乔治盯着她。

她一说完，伦道夫就准确地发出了"驯艺"的声音！这种声音介于犬吠和打喷嚏之间。

165

　　"好记性！"特丽克西赞许地说，"驯艺在北极的正中心，非常有名，学费也很贵。"她顶着一张面无表情的脸，继续说道，"它涉及节日艺术的四大领域：宗教、魔法、诱惑和创新。不得不承认，在那个时代，它确实培养出了不少优秀的驯鹿。"

　　伦道夫扭了扭屁股，从大门挤进了克拉特吉特·克雷特大街63号的前花园。雪给花覆盖上了一层闪着银光的粉末。伦道夫弯下腰，吃了一大把报春花。

　　乔治的爸爸从口袋里掏出一块硬糖塞进嘴里："遗憾的是他们没有教导它基本的礼貌。"

　　"事实上，它们是把'基本礼仪'作为选修课的。"当驯鹿回过头的几秒钟，特丽克西鼓励地拍了拍它的头，"但伦道夫却选择了艺术史。它爱丁托列托。"

　　乔治仍然目不转睛地盯着奶奶。"你是怎么知道驯艺的？"他好奇地问，"我从来都没听说过还有驯鹿学院。如果今天晚上我没有遇到伦道夫，我甚至都不知道它的存在。"

弗洛奶奶的目光越过乔治，向前面看去，仿佛没听见他说话似的："前门太窄了，是不是，特丽克西？我们怎么进去呢？"

伦道夫踩着克拉特吉特·克雷特大街 63 号的台阶往上走，直到它的鼻子碰到了黄铜门环。大家突然意识到，即便门是开着的，它这么宽的身体也是挤不进去的，而特丽克西却在轻拍着下巴，暗示着她在思考。

"这也太荒谬了，"乔治的爸爸抱怨道，"按照这个速度，你还不如把我们从邮箱里寄过去呢。"

特丽克西突然像个灯笼一样被点亮了："雨果，你真是个天才！"

小精灵已经开始在她的帽子里翻找。她得意地笑了笑，拿出一个黑色的小方块，看起来有点儿像电子汽车钥匙。

"那是什么？"乔治有些不安地问。

"这是我的收缩机！"她愉快地说，"我完全忘记了，我一直把它带在身上。好了，各位，深呼吸。

奇迹水晶球

你们的肺会变得非常小，就像我一样！"

"胡闹！"乔治的爸爸喊道，"你少吓唬我，不然我发誓——我的声音怎么了？为什么都变成吱吱声了？"

收缩的感觉有点儿像下坠，只是最终没有令人不快的"砰"的一声！他们的耳朵和胸腔也被挤得紧紧的。乔治肺里的空气都被挤了出来，直到他感觉自己像是个葡萄干一样干瘪。与此同时，世界变得更大了，就像有人把它膨胀了一样。报春花让乔治感到十分惊奇，因为它们长得跟树一样高。雪花像桌布一样飘落下来，前门像明亮的橙色摩天大厦一般迅速上升。

"哇！"乔治气喘吁吁地说。他的声音听起来就像吸入了一整个氦气球，他自己发出的荒谬声音让他不由自主地咯咯笑了起来。

弗洛奶奶也咯咯笑着："有点儿痒，是不是？"

乔治的爸爸满脸通红。"我们最好不要碰到蜘蛛！"他怒气冲冲地说着。

168

　　"别担心，微缩版的毕晓普先生。我会保护你的！"最后一刻，特丽克西从驯鹿身上跳了下来，现在她正紧挨着他们，站在门廊上。未缩小的她只比他们几个高了几厘米。她从帽子里抽出一个白色的大信封，在伦道夫脚边打开信封的三角形襟翼。"那么现在，跳进去吧！我会把你寄过去的。"

　　伦道夫驮着微缩版的毕晓普一家走进信封，世界变成了一片白色。

16

红色代码

　　乔治以前从未邮寄过自己，所以对于将要发生的事情他一无所知。他有一种轻微的挤压感，重力的突然转移让他觉得自己有些胃下垂，然后一切都歪了。他能感觉到纸在他的脸颊上移动，还能听到当特丽克西把信封努力地向上举起来的时候，在嘟囔着什么。

　　接着是一声长长的吱吱声！然后是一阵刮擦。突

然之间，他觉得身边的一切都很紧，他深吸一口气，他们都被塞进了信箱里。然后就开始一直往下，往下，往下，一直往下，直到——

"砰"的一声。

"哎哟！"他们异口同声地惊呼道。

就连伦道夫也不满地抱怨了一声。

他们又一次侧身站了起来，他们呼出的气体使得信封里变得潮湿。乔治看着特丽克西跟在他们身后正从信箱里爬出来。她嘟囔了几声，结结巴巴地骂了几句粗话，勉强从信箱中挤了出来，然后轻轻地落在另一边。当她注视着他们的时候，她的脚步声和她晃动的影子频率一致。特丽克西将装着他们的信封拿起来，上下晃了晃，他们毫不客气地被抖了出来。

乔治确定自己的脸上一定有瘀青，还有他的身上应该也到处都是。当伦道夫站直身体后，他们又一次快速地爬上它的背。现在他们很小——先不要提被困——肯定是人越多越安全。

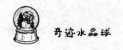

　　"我感觉不到我的屁股了，"弗洛奶奶一边说，一边爬到乔治和他爸爸中间，"我希望它还在那里。"

　　"就目前的情况而言，这可能是你做得最糟糕的事了。"乔治的爸爸郑重地说。

　　特丽克西朝着他们慢慢靠近，她的笑容太近太宽太大了，简直就要贴在他们脸上了："好吧，那你真不该提这个建议。"

　　走廊的另一头传来一阵声响——先是开门声，紧接着是走近的脚步声。

　　"隐蔽！"特丽克西喊着，便一头扎进了走廊边的桌子下面。伦道夫在她身后疾驰，它的蹄声像弹珠在地板上滚过发出的声音。就在乔治的姨妈大步穿过走廊时，他们滑出了她的视线。她穿着鲜红色的睡袍，睡袍的尾部在她的脚踝上晃动着。她在信封前停了下来，弯下腰将它捡起。

　　"糟糕。"特丽克西一边小声说着，一边从一条黄铜桌腿后向外张望。

"这东西到底是从哪儿来的？"爱丽丝姨妈喃喃道。她打开前门，探出头去看了看。乔治伸长脖子想要更好地看她一眼。她的头发在晨光中泛着金色的光芒，鬓角则闪过一丝银色。她穿着睡袍和拖鞋，戴着彩虹拐杖糖样式的耳环。

"我可怜的报春花怎么了？"她难以置信地摇着头，"肯定是刮大风了。还有，哦，下雪了。天气预报没说吧？"

乔治的胸口一阵紧绷。姨妈的身上有那么多他妈妈的影子——她那高高的颧骨，脸颊上的酒窝，温柔的棕色眼睛，甚至她的声音中也带着同样的抑扬顿挫。现在声音被放大了十倍，就好像她在拿着扩音器讲话一样。

"她在跟谁说话？"特丽克西小声问。

"她自己，"弗洛奶奶说，"所有聪明人都会这样做。有时我还会自己一个人开董事会呢。"

"我的格丽塔曾经也这样。"乔治的爸爸僵住了，

173

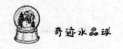

这些话仿佛是从他的嘴里偷偷溜出来的。

爱丽丝姨妈关上门，背靠着门板。她闭上眼睛，皱起了眉头。"是你吗，格丽塔？"她低语道，脸上漾起了笑容，那种小小的、悲伤的微笑，"如果是你，我非常欢迎。永远欢迎。"

一片寂静。他们五个全都挤在大厅的桌子下面，屏着呼吸。终于，爱丽丝姨妈定了定神，拖着脚走回厨房。

特丽克西有些戏剧性地撞在了桌腿上："啊。这是接近了。"

"太惊心动魄了，"弗洛奶奶兴奋地说，"自从我只带了半个降落伞就从一架波音海神飞机上跳下来以后，我还从来没有过这种接近心脏病发作的感觉呢。"

乔治的爸爸什么也没说，他只是将双臂交叉抱在胸前，对任何敢看他的人都怒目而视。尽管他看起来很凶，但当他坐在一只微型的紫色驯鹿身上时，大家

还是很难把他当回事。

厨房的门半开着，威猛乐队的《去年的圣诞节》从里面飘了出来。他们踮着脚尖朝厨房走去。"现在就得偷偷地，"特丽克西低声说，"不要突然移动或者大声喧哗。我们不希望收缩器的作用减弱。"

"这种情况会发生吗？"乔治惊恐地问。

特丽克西耸了耸肩："嗯，这只是个模型。"

乔治的爸爸狠狠摸了一把脸说："情况越来越糟糕了。"

克拉特吉特·克雷特大街63号的圣诞晚餐已经准备就绪。乔治看见烤箱里的火鸡正在变得焦黄。厨房虽然又小又窄，但它的色彩斑斓和杂乱无章在乔治看来，比埃比尼泽大街7号的整幢房子都更有生气。他还看到了他妈妈的痕迹。明亮的黄色墙壁上挂着她的插画——用魔法火花提供动力的热气球，用小号吹奏阳光的音乐家，还有看起来很像乔治和波贝的孩子们，他们坐在月球上寻找着星星。乔治前后转动着脑袋，

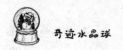
想要把这一切都印在脑海中。

"看那鲜艳颜色，"弗洛奶奶赞赏道，"是不是感觉有阳光照耀着我们？"

"是的。"乔治伤感地附和着。

在他们身后，雨果什么也没说。

厨房里的冰箱上已经变成了波贝和克莱门特的作业剪贴簿，还有伊莱姨父给爱丽丝姨妈的爱的便利贴，提醒她去参加游泳训练和戏剧俱乐部。墙上还挂着一些新照片：克莱门特第一天去上学；波贝最近的芭蕾舞表演；两个女孩儿在医院外抱着一个裹得紧紧的婴儿，笑得合不拢嘴。

还有一些旧照片。

"哇，快看，乔治。"弗洛奶奶抬头指着墙上的一张爱丽丝和格丽塔在十几岁时的合照说道。照片上她们两个人的脸颊紧紧地贴在一起。他们继续小跑着往前走，经过那些旧照片，看到了全家人一起在布莱顿度假，生日聚会，还有在贝尔农场过圣诞节。尽管

乔治现在只有酸奶瓶那么大点儿，但他觉得自己在这里比过去漫长的三年里还要大。"妈妈无处不在。我们无处不在。"

特丽克西扭过头看着他："你很吃惊吗？"

乔治想到了自己家的大房子——那张空白的画布遮盖了家里的一切，那些空白的空间原本是属于妈妈的。"我……我以为他们会把我们忘了呢。"

"真的吗？"特丽克西问。自从乔治见到这个勇敢的小精灵以来，这是她的声音里第一次流露出了悲伤。"你知道吗，当有人真心而深沉地关心着你的时候，他们会把对你的爱深藏在心底难以触及的地方。这样，即便是你离开了他们，他们也仍将你留在心里。"

乔治意识到身后沉默的父亲，他不敢转过身去看他的表情。他害怕看到一张面无表情的脸。

客厅在房子后面的一间小暖房里。透过双层玻璃门，乔治能辨认出克莱门特的身形。她正在跳舞，双臂不停地甩来甩去，鬚发在脸上飞舞着。

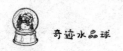

特丽克西用胳膊肘轻轻地推了一下镶着玻璃的大门："那么，让我们溜进去看看怎么样？"

他们溜进了客厅。

圣诞树高高悬在他们的头顶，树上的装饰品像闪亮的星星一样轻晃着。地板上散落着松针，每一枚都像一把长剑。窗户上挂着红色的蝴蝶结和银铃组成的花环，书架上摆着一排五颜六色的圣诞卡。

特丽克西激动地喊着："哇哦！"

"你休想坐到那个架子上去。"乔治的爸爸说。

特丽克西用手撑着身体，前后摇晃着："哦，这真的太难为我了。"

克莱门特没有再跳舞了，现在她正躺在蒲团上喘着气。她穿着一条绿色的天鹅绒裤子，一件闪闪发光的套头衫和一双闪闪发光的鞋子。她把鞋子踢到扶手椅上，鬈发甩在脸上。嘟嘟趴在地板上睡得很熟，一只金色的小爪子放在眼前，帮它挡住了早晨的阳光。呼呼的热气朝他们吹来。

178

"它的块头可真大，"乔治抬起头，羡慕地看着嘟嘟，"像个毛茸茸的巨人！"

"要是这个毛茸茸的巨人把我们吃了怎么办？"乔治的爸爸问。

"它永远都不会这么做的，雨果。"弗洛奶奶自信地说，"你看他们在一起多么幸福呀。我真想念这些小脸蛋。"

"多么完美的一棵树啊！"特丽克西一边打量着圣诞树，一边说，"真的太漂亮了，对不对？"

乔治和弗洛奶奶交换了一下眼神。这棵树上缠绕了很多金属丝线，看上去更像是一棵银色的树，上面还有很多小饰品，把树枝都压弯了。

"谢谢！"克莱门特说，"我在爸爸妈妈睡觉的时候又添加了一些装饰物。"

"真的吗？"特丽克西说，"嗯，你真是个天才——等一下！"

小精灵惊叫起来。

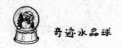

他们所有人都睁大眼睛盯着克莱门特。

她一边坐起来，一边拨开脸上的头发，用好奇的棕色眼睛俯视着他们："你好，乔治。你好，弗洛奶奶。嗨，雨果姨父。你们在那下面干什么呢？"

特丽克西把头往后一仰，尖叫着："红色代码！"

17

小蒂姆不小

嘟嘟被惊醒，一下子跳了起来，喉咙里发出颤抖的吠声。现在乔治非常清晰地看到这些年它发生的变化——蓬乱的皮毛，还有鼻子周围的白色胡须。"没事，嘟嘟。"克莱门特安慰道，"只是魔法而已。"

嘟嘟抱怨地环顾着四周。它怀疑地嗅了嗅空气，但很快又坐了下来。很明显，小狗看不到他们，只有

181

克莱门特能看到。她蹲在特丽克西身边问："红色代码是什么？"

特丽克西摘下帽子，在里面翻找起来。"很抱歉。我一兴奋就会尖叫。"她拿出一根巨大的拐杖糖递给了克莱门特，"红色代码就是当有孩子意外地发现了我，就必须要立即给予奖励。"

克莱门特的眼睛亮了起来。"我喜欢拐杖糖。"她一边说着，一边把糖挂在左耳上。

乔治的爸爸怒视着自己的外甥女。"看在上帝的份儿上，克莱门特，难道没人告诉过你不要拿陌生人给的糖果吗？"

克莱门特盯着他。"她不是陌生人，雨果姨夫。她是从马力商店里来的，就像我的永恒雪花一样。"她指着身后还在下着的大雪说。乔治眯起眼睛，但根本就无法在众多雪花中找到哪一片是假冒的。"一开始，我是把它放在卧室里的，但是卧室被搞得一团糟，"克莱门特不好意思地说，"后来我就想把它扔到窗户

外面看看！"

　　克莱门特笑了，露出因为换牙留下的空隙。然后，她毫无预兆地跳了起来，像着火了一样溜出房间。"在这儿等着！"

　　门在铰链的作用下被弹开，他们听见门外传来她闪亮鞋子发出的啪嗒啪嗒的声音，她穿过走廊跑到楼上去了。

　　"现在情况越来越危险了。"乔治的爸爸说。他伸长了脖子寻找特丽克西。"嘿！那个该死的小精灵到哪里去了？"

　　"我在这里！"特丽克西正坐在书架上，从两张圣诞贺卡中间向他们挥着手，"对不起！我没忍住。"

　　"我建议你现在马上下来，在克莱门特把爱丽丝带来之前，带我们离开这里。"乔治的爸爸气愤地说，"还是说你想要让她心脏病发作？说真的，你真该进监狱。"

　　特丽克西从书架上跳下来，摔在地上，摔得四肢

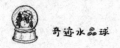

乱颤。"哦,雨果,"她一边掸着身上的灰尘爬起来,一边说道,"这个世界上没有一间牢房能关得住我。"

克莱门特回来了,还拖着她的姐姐。波贝怀里抱着一捆毯子,小心翼翼地走着。

"好吧,克莱,"她轻声说,"有什么大惊喜?"

克莱门特指着伦道夫和它身后的偷渡客们。

波贝皱了皱鼻子。"什么?"她困惑地问。

"是乔治,"克莱门特严肃地说,"我告诉过你他会来的。"

波贝看着自己的妹妹,无奈地说:"乔治已经不来这里了,克莱。雨果姨父不让他来。记得吗?"

克莱门特把手放在屁股上:"那他怎么会在这里呢?"

波贝叹了口气,声音变得严厉起来:"克莱,你告诉我说楼下有紧急情况。"

"就是有!"克莱门特也提高了嗓门儿喊道。

"嘘!"波贝训斥道,"你会把孩子吵醒的!"

那捆毯子动了动。

"看到了吗？"波贝一屁股坐到沙发上，开始前后摇晃着孩子。"你已经不再是最小的孩子了，克莱，"她责备道，"你已经六岁了。"

克莱门特的小脸皱了起来。她攥紧拳头，呼吸开始变得急促起来，吸气、呼气、吸气、呼气、吸气、呼气、吸气、呼气。

"哦，哦，她快要爆炸了。"特丽克西说。

"克莱，没事的，"乔治朝她挥了挥手说，"波贝她甚至都看不到我们，你能看到我们是因为你与众不同。我想这应该是因为你很特别。"

特丽克西点点头："非常特别。"

"她当然是特别的了，"弗洛奶奶说，"还有，顺便说一句，从来都没有什么成熟的好时机，克莱门特。不管你是六岁还是七十六岁，我都不推荐。"她把一只温暖的手放在了雨果的肩膀上。"人们只在迫不得已的时候才会变得成熟。"

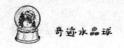

　　"反正我们都要走了，克莱门特。"乔治的爸爸直截了当地补充着。

　　"不，先别走，雨果姨父！"克莱门特恳求着，"你还没见到蒂姆呢。"她并未理会姐姐惊恐的表情，而是指着波贝怀中的婴儿说着，"你看他多小，是不是？"

　　"嗯，对我们来说可不小。"乔治说。蒂姆离乔治太远了，乔治根本看不到他的脸，但他还是冲宝宝挥了挥手，"你好，蒂姆！"

　　弗洛奶奶和特丽克西也挥了挥手。伦道夫则摇了摇头致意。

　　"蒂姆在眨眼睛，"克莱门特打量着她的小弟弟说，"意思是他很高兴见到你们。"

　　"你把我给吓坏了，克莱。"波贝不安地说。她把眼镜往上推了推，身体前倾，眯起眼睛，仿佛想要在虚无之中找寻到他们的身影。

　　"你看，搞得好像她能看见我们一样。"弗洛奶奶说。

　　乔治现在能看到婴儿的脸了，他有着柔软的棕色眼睛，还有卷曲的睫毛。

　　"他的眼睛和妈妈好像呀。"他一边说着，一边站起来想要看得更清楚一些。

　　"他可真漂亮！"弗洛奶奶嘀咕着。

　　乔治的爸爸尽量控制自己不去看这个婴儿。事实上，他正在书架中间研究着一本地图册的书脊："我现在想回家。"

　　"你还好吗，雨果姨父？"克莱门特问，"你看起来像在发高烧。"

　　特丽克西以一种不同寻常的眼神注视着乔治的爸爸："他的脸确实有些红润。"

　　"雨果，"弗洛奶奶轻声说，"你为什么不跟小宝宝打个招呼呢？"

　　"我说过了，不要！"乔治的爸爸吼道。

　　房间颤抖了一下。一个小玩意儿从圣诞树上掉了下来，落在地板上。波贝倒抽了一口冷气，赶紧把蒂

姆抱在胸前。"那是什么声音？"

克莱门特正要回答时，突然"砰"的一声，伦道夫的右侧鹿角变回了原来的尺寸。

弗洛奶奶尖叫起来。

特丽克西吓得向后一跳："啊哦，啊哦，啊哦。"

"收缩机的作用正在减弱！"乔治喊道。

伦道夫现在头重脚轻。它向前栽倒，克莱门特在最后一刻抓住了他的鼻子。它的头突然恢复了原来的大小，差一点儿撞到她的脸。她大声尖叫着向后爬去。

嘟嘟跳到她面前，大声叫了起来。

蒂姆也开始哭了起来。

"嘘！"波贝责骂着那条狗，"你也不许叫，嘟嘟！"

"快点儿想想办法，特丽克西！"乔治的爸爸喊道，"在你把我们都害死之前，赶紧做点儿什么！"

特丽克西从帽子里拿出收缩机，咔嗒咔嗒地摆弄着，就在这时伦道夫的后腿开始膨胀了。"不，不，不，不，不，不，不！"

就在玻璃门被打开的一瞬间，驯鹿又缩小到迷你的尺寸。就在乔治的姨妈大步走进房间的时候，房门将伦道夫撞倒了，把他们全都扫到了圣诞树下。特丽克西的动作太慢，没能逃脱，所以她就装死，以一堆木棍的形态扑倒在地板上，以防被发现。

爱丽丝姨妈甚至都没注意到这个小精灵，就从她身上迈了过去。"这里到底发生了什么事情？"她径直朝着蒂姆走了过去。

波贝把小宝宝递给妈妈："是克莱，她把嘟嘟给惹毛了。"

"那么，她现在在哪儿呢？"爱丽丝姨妈转过身问道。波贝无助地环顾着四周，嘟嘟则对着圣诞树不停地咆哮着。

"呃，"波贝低声说，"我……我不知道。"

克莱门特消失了。

意外变小

　　乔治的身后传来一丝微弱的笑声。他转过身，发现他的表妹正透过圣诞树的树枝盯着他。克莱门特手中拿着一根松针。"看，乔治！"她一边说着，一边挥动着手中的松针，"我也变小了！"

　　地板上，特丽克西仍然一动不动地躺着。她的眼睛睁得大大的。

"啊哦，"弗洛奶奶说，"直觉告诉我，这不应该发生。"

克莱门特穿过树枝，向他们爬过去："我能骑到这只驯鹿身上吗？"

"当然不能，"乔治的爸爸说，"你从一开始就不应该出现在这里。"

乔治透过那些装饰品和树枝偷偷地观察着，波贝正茫然地盯着圣诞树。"她一定是趁我不注意的时候上楼去了。"波贝迟疑地说，"蒂姆分散了我的注意力。"

"好的，请小声一点儿，亲爱的，"爱丽丝姨妈说，"我要让蒂姆去睡觉了。你能帮我听一下门吗？爸爸马上就要回来了。"她转过身，一只脚踢到了特丽克西的身上，她一下子在地板上滑出去老远。接着爱丽丝姨妈离开了客厅，用胳膊肘轻轻地将门给带上了。

波贝从沙发上站了起来，目光开始在房间里扫荡着。"克莱门特？"她紧张地小声寻找着，"你……在这里吗？"在没有听到任何回应后，她就打消了这

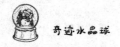

个念头。"她肯定走了,我犯傻了吧。"

嘟嘟开始在圣诞树的周围嗅来嗅去。

特丽克西猛地坐起来,用一只小木手轻轻地拍了拍自己的脸颊:"好吧,都是我的错。"

"不然呢?"乔治的爸爸怒吼着。他左侧的太阳穴上青筋凸起,脸颊也变成了令人担忧的深褐色,"你把克莱门特给缩小了!"

"我喜欢这样!"克莱门特一边说着,一边急急忙忙从树下跑出来。"从这下面看,每一样东西都那么大!我还能看见波贝的鼻子。"

"她很好,看到了吗?"弗洛奶奶说,试图让局面冷静下来。

"她不好,她的姐姐再也见不到她了!"乔治的爸爸闷声闷气地说,"如果你现在不赶紧把克莱门特复原,特丽克西,我发誓我会把你给解雇了,然后起诉你,把你扔进监狱,然后——"

房间开始震颤。

"别嚷！你会再次让收缩机失灵的！"特丽克西喊道，但已经太晚了。

伦道夫的屁股又恢复到了正常的尺寸。他们全都滑向了驯鹿的头，在紫色的皮毛沙漠中挣扎着寻找着能抓住的东西。

弗洛奶奶撞到了乔治的肩膀上，当她的腿开始膨胀时，她大叫起来。

乔治的肺在胸腔鼓了起来，空气呼啸着冲了进来。有那么一瞬间，他以为自己要飘走了，可是弗洛奶奶抓住他的睡衣，把他拴在驯鹿身上，直到他身体的其他部分也膨胀了起来。

在乔治身后的某个地方，他的爸爸正对着自己的手指大喊大叫着，十根手指已经膨胀得又粗又大，像香肠一样。

"我整个人都变形了！"当他的脑袋膨胀起来时，他大叫道。

弗洛奶奶转过身说："看在上帝的份儿上，雨果，

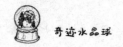

你小点儿声吧。哦，亲爱的，我的头又变大了！"

又是"砰"的一声，伦道夫的鹿角爆了出来，它一头倒在了圣诞树上，把一大堆小玩意儿都砸到了地板上。克莱门特一下子恢复了原状，站起来时发现自己被卡在了树枝中间，身上覆盖着成堆的金色丝线。她伸手接住了掉落在半空中的一个小玩意儿，又在另一个小饰品快要砸到乔治的脸上之前把它给打飞了。

她一边从树上往下爬，一边咯咯地笑着："这是有史以来最棒的圣诞节了！"

波贝蜷缩着身体和嘟嘟站在客厅的另一端，被这突如其来的一幕吓得打起了嗝。"你回来了！"她近乎尖叫一般说道，"你到哪里去了？我到处找你！"

"我被施了魔法！"克莱门特一边说着，一边将身上的金属丝线甩掉。

现在乔治已经恢复了正常身高，他感受了一下自己的鼻子和耳朵，发现它们都已经恢复得差不多了。他的爸爸已经坐好了，正在口袋里寻找着硬糖。而弗

洛奶奶正在调整着她头上的冬青发卡。

"哇！"乔治不敢相信地惊呼着，"那是……"

"有意思吗？"特丽克西满怀期待地问。

"可怕至极。"乔治的爸爸说。

"很愉快。"弗洛奶奶说。

乔治的答案是："出乎意料。"

波贝把眼镜架到鼻梁上。"所以，乔治真的在这里吗？"她一边环视着房间，一边问她的妹妹。

"是的。而且他还骑着一头紫色的驯鹿。"克莱门特张开双臂比画着，"有那么大！"

"这算是后遗症……"弗洛奶奶不安地说。

特丽克西皱起了眉头："那个吝啬鬼把我的收缩机弄坏了。"

"我连碰都没碰过！"乔治的爸爸抗议道。

"你不用碰，"特丽克西指责他，"你那糟糕的态度替你把所有的事情都做了。我告诉过你魔法是喜怒无常的。事实上，还真有点儿像你。"

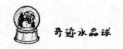

"嘘！"乔治突然说，"你们听到了吗？"

那是前门被关上的声音。紧接着，走廊里飘来了伊莱姨父的说话声："我回来了！我还带了蛋奶沙司！"

克莱门特深吸一口气说："爸爸回来了。"

"哦，不！"波贝说。一阵恐慌涌上她的心头。圣诞树坏了，地板乱糟糟的，嘟嘟焦躁不安，两个女孩儿都衣冠不整。不过，和现在站在客厅中央，正啃食着满枝松针的巨型紫色驯鹿相比，这种混乱就相形见绌了。

乔治从门口看到了伊莱姨父。他还穿着医院的白大褂，太阳穴周围的头发卷曲着。他的眼睛下面有黑眼圈，但他却露出了洁白的牙齿和灿烂的笑容："喂，大家都到哪里去了？"

"我们现在必须出去，"特丽克西小声说，"不能再冒险违反规定了！"

"他朝这边来了！"波贝急切地说，"我们得分散他的注意力！"

"我来!"克莱门特说完,立即便行动起来。

"好计划,"特丽克西说,"你怎么——"

她还没问完,克莱门特就飞快地穿过了两扇门,她张开双臂像一架人体飞机一样。"啊啊啊啊啊啊啊啊啊啊啊啊啊啊!我来啦啦啦啦啦啦啦啦啦啦啦啦!"她尖叫着,飞快地从爸爸身边跑过,跑到走廊上,噔噔噔地上楼去了。伊莱姨父笑着跟在她身后喊道:"克莱!"

楼上,小宝贝蒂姆开始号啕大哭。

"好吧,做得不错,"特丽克西轻推着伦道夫穿过客厅的门,"我们得快点儿。"

他们小心翼翼地走进厨房,留下波贝和一堆破碎的圣诞装饰品。在常规尺寸下,偷偷摸摸地移动要困难得多。特丽克西引导着他们绕过桌子,而伦道夫则尽量不撞倒任何东西。

餐桌已经摆好了,木质的餐垫和闪闪发光的绿色餐巾围绕着不相配的盘子和磨砂玻璃杯。每一个位置

上都有一块圣诞幸运饼干，每块饼干下面都写着一个名字。

"看！"当他们从餐桌旁走过时，乔治看到了他自己的名字，"桌子上还有我的位置！"

"哦，天哪。还有我的！"弗洛奶奶眯着眼睛看着旁边的位置说道。餐桌的另一端，雨果的名字也出现了，以波贝潦草的字迹呈现着。

"他们怎么会知道我们今天要来这儿呢?"乔治问。

"他们不知道，"特丽克西说，"他们每年都安排这些座位，以防你们会改变主意。"她瞥了一眼低着头的乔治的爸爸，叹了口气。

当他们打开前门时，一阵狂风吹了进来，带进来一片克莱门特的永恒雪花。

"肯定会很挤的，"弗洛奶奶说着，把双腿缩到了身前，"我建议大家都缩成一个团。"

"想一想你在驯艺受到的训练，伦道夫，"当伦

道夫走到门框前时，特丽克西说，"我们想要一次完美而安静的离开，微弱得像是蜜蜂打喷嚏一样。"

伦道夫挤进门框，当它用力地向前挤啊、挤啊的时候，它的腿绷得紧紧的。终于，随着一声嘎吱声和一声哗啦声，门框变形了，然后他们都被甩进了花园里。房子颤抖着，大厅里的镜子也掉了下来，摔碎在地板上。

楼上的某个地方传来了爱丽丝姨妈的声音："下面发生什么事了？又是嘟嘟吗？"

当他们匆匆跑进花园里的时候，乔治吓了一跳："我们毁了他们的房子！"

"别担心！"特丽克西挥了挥手说，"马力的保险公司会赔偿的！"

波贝穿着袜子跟在他们后面跑了出来。她伸长脖子，盯着街边的路灯看着。她大声说道："如果你真的在这里的话，我只想让你知道，我真的很想你。如果你让我决定的话，你随时都可以来。你想养多少只

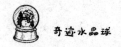

紫色驯鹿都可以。"她的笑容有些颤抖。"圣诞快乐，乔治。"

"圣诞快乐，波贝。"乔治留恋地说。然后他们就又出发了，飞快地穿过克拉特吉特·克雷特大街，将属于圣诞节的欢乐和变化都远远地抛在身后。

19

安全袜事件

当驯鹿从克拉特吉特·克雷特大街出来的时候，雪已经停了。现在他们在蜿蜒的街道上游荡着，路上只有伦道夫低沉的鹿蹄声。

这些街道看起来全都一个样。也许是乔治自己的想象，但他觉得现在驯鹿的皮毛似乎更暗淡了。它不是那种明亮的紫色，而是一种单调的栗色。

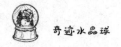

特丽克西异乎寻常地安静。时不时地，她会转过头来看看乔治的爸爸，然后夸张地叹口气。

"一定有比这更快的回家路。"他嘟囔着。但其实他们已经在几分钟之内匆匆走过十条街道了。伦敦眼在远处的屋顶凝视着他们，但他们似乎并没有离它越来越近。雨果用膝盖撞着伦道夫的皮毛，以激励它继续前进。"你刚才是以光速来的，现在却走得像送葬的队伍一样慢。"

"也许我们就是呢。"弗洛奶奶愁眉苦脸地说。

"这话是什么意思？"

特丽克西转过身，她的小眼睛闪着光。"意思是你把圣诞节给毁了，雨果！"她爆发了，"睁开眼看看吧，看看我们！我们太痛苦了。"

乔治的爸爸环抱着双臂说："是你带着我们进行这场荒唐的郊游的。"

特丽克西捏起了她的木质小拳头："你真难搞。"

伦道夫生气地表示赞同。

“为什么？”乔治的爸爸质问道，“就因为我反对破坏和非法入侵？”

“因为你正在让你的儿子心碎！”特丽克西用她的小木手在乔治的额头前挥了挥，乔治蜷缩在他的位置上，“除了我和伦道夫不小心踩到了一个小女孩儿的玩具火车，然后炸掉了她的卧室之后，我还没见到哪个孩子这么伤心。上帝啊，我干这行这么久了，还做过九次髋关节置换手术，从没见过这么固执的吝啬鬼。需要多少愿望才能让你觉得，一觉醒来看到自己的儿子幸福快乐比你的固执更重要？”

特丽克西的愤怒吸走了空气中最后的一丝热气。寒风凛冽，乔治觉得骨头都被冻僵了。

乔治的爸爸瞪着特丽克西。如果目光可以杀人，那她早就倒地而亡了，但她只是轻轻哼了一声，便转过身来引导着他们继续前进。这一次他们默默地过了河。

乔治很快就开始熟悉周围的景色了。道路越来越

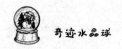

窄，建筑物也越来越小。街道上的商店和餐馆在一串串彩色霓虹灯下相连。

乔治偷偷看了一眼他最喜欢的那家中餐外卖店，发现它已经开始营业了。它就在那家三层楼高的"远大前程"书店的旁边，每周五放学后，弗洛奶奶都会带他到这家书店。

现在已经是上午十一点多了。越来越多的人在街上闲逛着，当然并没有人注意到他们。

当他们小跑着经过离埃比尼泽大街仅几步之遥的"豆子很忙"咖啡店时，乔治的爸爸坐直了身子。

"快到了。"他说着松了一口气，"跟你说一声，特丽克西，我一有机会就会申请对你的限制令。你不许再靠近我的家人，尤其是我的儿子。"

"还有什么？"特丽克西扭着头瞪着他问道。

"不然我就告诉你的领导，马力。"

"马力才不会见你呢。"特丽克西说，但她的声音中透露出一丝不确定。

　　"如果我这么说，他就会的，"乔治的爸爸说，"事实上，我打算——"

　　丁零零！丁零零！

　　丁零零！丁零零！

　　"什么声音？"乔治的爸爸一边环顾四周寻找着，一边问道，"是谁的电话吗？"

　　伦道夫突然停了下来。

　　"别看我，不是我的。"弗洛奶奶拍了拍睡衣的口袋说。

　　"是圣诞老人的哭声。这太尴尬了，我记得我把它调成静音了呀。"特丽克西摘下帽子，从里面拿出一个和真人用的一样大小的手机。她瞥了一眼屏幕。"是我堂兄摩西，我最好还是接一下。"她一边说一边挥手示意大家安静下来，然后把脸贴在了上面。

　　"我是特丽克西，请讲。是的，你确定吗？"她深吸一口气说道，"克拉普斯的儿子，你没开玩笑吧。现在？他能呼吸吗？确定。嗯，那很好。我早就说过

奇迹水晶球

它们是可以被篡改的，还记得吗？不，不，我不是在推卸责任。但如果我推卸责任的话，那这事就应该怪你。不，我知道。不是那个问题，但确实是有一点儿。是的，我明白了。"

"她还要打多久？"乔治的爸爸小声说。尽管他十分讨厌这个小精灵，但对她的工作电话还是努力保持一种尊重的态度。

"嘘，"弗洛奶奶说，"我正在偷听呢。"

"是的，我现在就告诉他。他和我在一起呢。有点儿吝啬，但已经很长时间了，"特丽克西说，"一个非常高段位的吝啬鬼。"她瞥了一眼乔治的爸爸，然后迅速转过身去，"糟透了。还记得格力奇吗？比他还糟糕。我发誓。"小精灵忍不住咯咯笑了起来，"实话实说。我完全失控了，你是知道我通常有多专业的。我知道，但这个家伙是另一回事。"

"我们都能听得见，"乔治的爸爸愤怒地说，"小点儿声。"

　　"是的，就是他。我告诉过你了。好的，我要走了。我现在马上就去。太好了。保持联络。再见，再见，再见，好的，再见。"

　　特丽克西把手机丢回帽子里，然后又一次把帽子戴在头上："很抱歉。格拉斯哥出现了一个重大的安全袜紧急事件。我估计它具备经典的克劳斯潘的所有标记。"

　　"什么？"乔治和弗洛奶奶异口同声地说。

　　"一个小女孩儿把圣诞老人困在了一只安全袜里，"特丽克西解释道，"她现在要赎金。一整套礼品。"

　　"现在的孩子都很狡猾的。"弗洛奶奶赞许地说。

　　"赎价是多少？"乔治问。

　　"哦，和往常一样。四只小狗，一只会说话的独角兽和两张泰勒·斯威夫特的演唱会门票。这太荒谬了。那些票根本就买不到。"

　　"安全袜是什么？"弗洛奶奶问，"听起来我也需要一双。我的圣诞袜总是会掉下来。"

特丽克西咯咯地笑着说："安全袜是一款经过特殊设计，具有面部识别功能的袜子，这样你的兄弟姐妹就无法第一个看到你的礼物了。它是我们最受欢迎的四大产品之一。不管怎样，这个女孩儿设法将安全袜变成抓捕圣诞老人的陷阱。这种行为在九十年代末是被禁止的。她现在把圣诞老人困在里面了，也就是说我们现在得去格拉斯哥。"

"天哪，"弗洛奶奶问，"什么时候？"

"理想的情况应该是十分钟之前。"

伦道夫发出一种奇怪的叫声。

特丽克西叹了口气说："嗯，我不知道它是不是在那里，伦道夫。但我得说这极有可能。"

伦道夫摇了摇头。

"嗯，是的，不过它很可能在屋顶上。圣诞老人通常都会把雪橇放在那里，不是吗？"

伦道夫跺了两下蹄子。

"你甚至都用不着和它说话，"特丽克西说，"只

要做一只优秀的驯鹿就行，好吗？一只更大的驯鹿。我说的确实是字面上的意思，但也有隐喻性的，情感上的，节日上的和精神上的……"

伦道夫嘟囔了一声。

"别担心，要是它再敢做出一些古怪的动作，我就狠狠地揍它的大红鼻子。"

驯鹿闷闷不乐地点了点头。

特丽克西转过身对大家说："好了，毕晓普家的伙伴们，坐稳了。我们的速度很快，不用我提醒了吧，我们的坐骑上面没有安全带，也没有任何的安全措施——"

"当然不用！"乔治的爸爸径直从驯鹿身上跳了下去。他手脚并用地从地上爬起来，迅速地往后退着。"我才不会跟你去别的什么地方呢。"他喘着粗气说，"哪怕我只能穿着睡衣走回家，我也不会去！"

"哦，这可太有意思了，"特丽克西说，"我们会让你回去的。"

乔治的爸爸举起手指谴责道："我们不会再跟你去冒险了。乔治，妈妈，快下来。我们不去苏格兰，我们回家了。"

"哦，我其实非常想去苏格兰呢。"弗洛奶奶说，她并未因站在下面的儿子而动摇，"一方面，我没什么冒险经历，这是个好机会；另一方面，我可是很擅长人质谈判的。"

"好吧，我甚至都不想说那代表什么意思，妈妈。"乔治的爸爸抬头看着他，"你下来好不好，乔治？我们回家去，生一堆火，我再做些汤，烤一些奶酪面包。"

乔治犹豫了一下。他看看奶奶，又看看爸爸。

"这由你自己决定，乔治，"特丽克西看出了他的心思，"你要么和你这辈子见过的最有意思的家伙们来一场刺激的冒险之旅，要么和下面那位满脸愁容的先生回家去。"

这真的并不难。乔治非常想再去参加一场冒险，

和奶奶一起去苏格兰，去见一见那个把圣诞老人捉住的小女孩儿。但是，他为什么会觉得自己的内心无比空虚和难受呢？

"乔治？"爸爸又叫了他一声。突然间，穿着睡袍站在下面的他显得那么渺小。他看起来更像是一个迷路的男孩儿，而非一个愤怒的成年人。"你跟我回家吗？"

弗洛奶奶把一只手放到乔治的肩上："如果你不想去，就不用跟我们一起走，亲爱的。"

"我真的很想和你们一起去，"乔治说，"但我不想留爸爸一个人孤独地过圣诞节。"

"他甚至都不相信圣诞节。"特丽克西生气地说。

"我知道，"乔治平静地说，"但我确实是这样想的。我觉得他不应该一个人待着。"

乔治的爸爸清了清嗓子，低头看了看自己的拖鞋："是的，嗯，我想这样最好……这样更安全……我们在一起，在家里。"

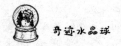

在那一刻，这就是乔治想要的，回家陪着爸爸暖和暖和。他已经厌倦了争论和失望，他想要结束这一切。

弗洛奶奶看着他们的脸，表情变得柔和起来："那么，你们两个一起回家。我会继续做一个独行侠的。我保证我很快就会回来的。"

也许是乔治的想象，但他觉得伦道夫的毛似乎变得更光亮了一些。乔治极不情愿地挪过一条腿，从驯鹿身上滑了下来。他下来的时候被爸爸稳稳地扶住。雨果在晨光中显得很疲惫，他的眼圈像两个灰色的斑点。"终于落地了，踏实了，嗯？"

"是的。"乔治说，但他却无法回以微笑。

特丽克西走到鹿角前："好的，那么，我们就出发了。为了圣诞和国家！"

"为了圣诞和国家！"弗洛奶奶一边大喊着，一边踢着双腿。

一分钟之前，他们还站在人行道上，旁边是乔治

和他的爸爸；一分钟之后，他们就以惊人的速度狂奔而去，伦道夫在远处变成了一道巨大又鲜艳的紫色条纹。伴随着一道强光和一声愉快的尖叫，他们就消失不见了，只留下了目瞪口呆的乔治和他的爸爸。

20

灰人

    乔治的爸爸把手插进口袋里，他边走边看着自己的脚。他太累了，累得连话都不想说。突然间，似乎并不需要说些什么。乔治和他走在一起，他们穿着睡衣漫步回家，胳膊蹭着彼此的睡衣。

    当他们走到街的尽头时，一个高个子男人出现在拐角处，径直朝着他们撞了过来。他手中的报纸"啪"

住了。

啊哦。

乔治突然有一种不祥的预感。他突然觉得自己犯了一个可怕的错误。现在，唯一的声音就是他的呼吸声和他在街上匆忙走过时拖鞋疯狂的啪嗒声。"爸爸？"他喊道。

一只手穿过迷雾伸了过来，把他拉近。"发生了什么？"乔治的爸爸因恐惧而睁大了双眼。

乔治从口袋里拿出雪花水晶球，发现它也起雾了："我……我摇了摇它。然后……这个世界就停止了。"

乔治的爸爸吞了口口水："你叫它停下来了吗？"

乔治慢慢地摇了摇头："我不觉得这么做会有用。"

"你什么时候才能学会不去乱碰那些你不了解的东西呢，乔治？"乔治的爸爸伸出手说，"来，把它给我。"

乔治把雪花水晶球抱在胸前："为什么？"

"因为我不信任它，"爸爸的声音变得有些焦虑，

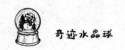

他眼底的黑色越来越大，"它很危险。"

"它是不会伤害我们的。"乔治说，但他现在也不是那么肯定了。他们周围的世界也许是有魔力的，但这是一种可怕的魔法，那种让他觉得反胃的魔法。

"不管怎样，我都会把它带在身上的，"爸爸说，"以防万一。"

乔治把雪花水晶球递给了他。"好吧，好吧。"他说着，觉得松了一口气。

爸爸把水晶球放进口袋里。"紧挨着我，"他一边说着，一边把一只温暖的手放在了乔治的肩膀上，"我们马上就到家了。"

周围寂静得可怕，只剩下他们脚步的回声震耳欲聋。迷雾将整个世界都变成了灰色，他们走的时间越久，就越觉得自己像是跌进了一部恐怖电影中。乔治开始注意到，别的东西都不见了。不只是人，连小鸟、树木和汽车也都不见了。就连街道边的路牌都消失了。"其他人都去哪里了？"他小声问着，"还有别的东

西吗？"

"告诉我，"爸爸环顾着四周问道，"你希望这一切都消失，对吗？"

"我不是故意的。"

"听。"乔治的爸爸抓着他的手，"你听见了吗？"

突然传来一阵啪嗒啪嗒的脚步声。一个戴着黑色帽子，穿着黑色长外套的男人从迷雾之中大步走来，径直从他们身边走过。

"马力？"乔治追了上去，"你能帮帮我们吗？我们迷路了。"

那人没有理会他。

"等一下，马力！"乔治的爸爸喊道，"我们在和你说话！"

那人只是加快了脚步。他走路时低着头，双手深深地插在上衣口袋里。

"我想他听不见我们说话。"乔治警觉了起来。

"他只是不理我们，"爸爸说着，也加快了脚步，

"是他把我们关在这里的。"

当他们追上那个人的时候，他正匆匆走上一幢房子的台阶，门上有一个歪歪扭扭的"7"。他把钥匙插进锁眼里，门就被打开了。

"嘿！这是我们家！"乔治急忙跑上台阶，伸出脚把门挡住。他们跟着那个人溜了进去，门"砰"的一声关上了。

乔治眨了眨眼，很快适应了昏暗的环境。墙壁是墓碑般的灰色，天花板和地板也是灰色，甚至连前门旁边的植物也是如此。"发生了什么？"

乔治看到爸爸一脸惊恐的表情。"在这儿等着，乔治。我来处理。"爸爸挺直了腰，双臂在身体两侧摆动着，大步走向走廊，"这是我家！你不能进来！"

乔治蹑手蹑脚地穿过大厅，低头绕过厨房的门。这里也是一片灰暗的景象。

啊哦。

客厅里，沃尔特·毕晓普的画像还挂在壁炉的上

面，只是被涂成了灰色。沃尔特也不再微笑了。事实上，他看起来要比以往更加严肃。他的眉头紧锁，嘴唇紧绷成一条直线，向远处眺望着。乔治的手心里全都是汗，他的脉搏声在耳朵里嗡嗡作响。整栋房子看起来就像是被洗衣机洗了很多遍一样。

乔治的爸爸站在窗边正浏览着手机，乔治看到后喊他。

"这么快，"乔治说，"你找到马力了吗？"

但他的爸爸并没有理会他。

乔治愣住了。直到这一刻，他才注意到爸爸身上那整洁的西装和闪亮的鞋子。仅仅几分钟，他就已经换掉了睡衣，就连头发都梳得整整齐齐，耳朵后面都梳得很整齐。但更奇怪的是，他身上的一切——甚至连他的肤色——都变成了灰色。他看上去就像是刚从一部黑白电影里走出来一样。

乔治的脸颊开始感到刺痛。"爸——爸？"他一边说着，一边朝他走了过去，"你能……能听到我说

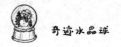
奇迹水晶球

话吗？"

那人将手机举到耳边。

"你这话是什么意思？"一个声音从乔治的身后传来，"我当然能听见了。"

乔治转过身，看见爸爸衣衫凌乱，穿着睡衣，站在客厅的门口。

乔治双膝发软地挪动着身体。"爸爸，如果你在这里，"他小声说，"那么窗边那个男人是谁？"

乔治的爸爸惊恐地睁大了眼睛。他把一根手指按在唇边，示意乔治不要出声，一边蹑手蹑脚地走进客厅，朝着壁炉走去，从架子上抓起了金属拨火棍。

那个灰色的男人开始对着电话大喊起来。

"他说话的语气跟你一模一样，爸爸，"当他们小心翼翼地走到他跟前时，乔治对爸爸说，"甚至连手势都一样。"

那个灰色的男人疯狂地打着手势，滔滔不绝地说着什么，就算身后跑过一群牛羚也不会注意到。"就

算你要用上一整天的时间，我也不在乎。把你悲伤的故事留给有时间的人听吧！"

乔治的爸爸朝乔治点了点头，然后像举起棒球棒一样举起了拨火棍。"好吧，先生。现在立刻转过身来解释一下吧，以免我伤到你！"他大声说道。

"好了，我不相信什么圣诞节！"那个人厉声说。

"他听不见你的，"乔治一边说着，一边大胆地往前挪了挪，"他看不见我们，跟我们在其他奇迹中的时候是一样的。"

乔治的爸爸放下手中的拨火棍。"所以，他是幽灵啦。我猜是马力那些幽灵里的其中一个。"他哼了一声，"他还真指望我能被自己给吓着？"

"我不知道，"乔治不安地说，"也许他是想让你——"

那个灰色的人突然转过身来，一只手差点儿打到乔治的脸上。"一个毫无意义、浪费金钱、耗费感情的假期！"他咆哮着，"我跟你讲过上千次了，我才不在

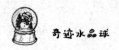

乎什么圣诞节，这家公司也是。只要这个世界还在转，你就必须跟上！"

乔治抬头凝视着那个灰人的脸，感觉自己的脸也在褪色。"爸——爸，"他声音颤抖地说，"爸——爸你看……我看见了……什么？"

乔治的爸爸微微摇晃了一下，好像要晕过去了。"不，"他说，但这个词只是虚弱地挂在他的嘴边，"不，不，不。"

这个灰人根本不是雨果·毕晓普。

那是乔治。

21

灰色的未来

乔治踉踉跄跄着后退，他的肚子像是被人打了一拳似的凹陷了下去。"我们是在未来，"他屏息说道，"我的未来。"

乔治的爸爸的嘴像鱼一样不停地张开又闭合。

他转过身走进了那间灰色的房间。雨果和弗洛奶奶也都不见了踪迹。书架上积满了灰，壁炉用砖堵了

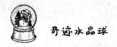

起来。角落里只有一把扶手椅，桌上放着一台笔记本
电脑。

"真是——"

"空空如也，"乔治小声说，"我已经变成吝啬
鬼了。"

当！当！当！

教堂的钟声又一次响起。外面，迷雾正在消散。
远处传来欢声笑语，再远一点儿的埃比尼泽公园里的
圣诞树在闪闪发着光。

那个灰人朝窗边走去。

乔治和他的爸爸仿佛被一块无形的磁铁吸引着，
跟着他一起朝窗边走去。

街道上再次挤满了人，大家都在带着孩子闲逛，
邻居们也在互致圣诞祝福。

一个雪球"嗖"的一声从窗前飞过。

乔治低头一看，看到了一个熟悉的身影正在街上
蹦蹦跳跳。她现在已经长大了很多——毕竟是很多年

以后——但无论在哪里乔治都能认出她的笑容，是克莱门特。

一枚雪球击中了她的肩膀，她转过身，波贝躲到她正在推着的婴儿车后面，用手捂着嘴咯咯地笑着。她身旁的那个年轻人张开双臂，仿佛在说"别看我"。

灰人发出了一种奇怪的哽咽声——那是一个不太会笑的人发出的轻笑。当乔治抬起头看他的时候，发现他的脸色肃穆，笑声卡在他的喉咙里发不出来。他那灰色的双眼看上去满是困惑，眉头紧锁，乔治从未见过这种表情。

"因为我还没学会笑。"他想。

啪！

一枚雪球打在窗玻璃上，炸开了。

克莱门特正站在埃比尼泽大街 7 号的台阶上。她抬起头，用一只戴着手套的手挡住耀眼的阳光。然后她挥了挥手。

灰人猛地吸了口气，从窗前走开了。

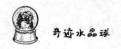

乔治把额头紧贴在玻璃上，闭上眼睛，假装自己离这个可怕又病态、令人毛骨悚然的孤独之地有一百万光年那么遥远。

街道上，波贝的声音飘向妹妹："我们都知道，他根本就不在那里。"

"他在的，"克莱门特坚持道，"我看见过他。"

"我不知道我们为什么要一直到这儿来，克莱。我们就是在浪费时间。"

"你为什么老是拉着我一起来呢？"年轻人问，"我甚至都不认识他。"

"因为他也是你的表哥，蒂姆。"克莱门特说。

"乔治，"爸爸的声音在他耳边响起，"离那个窗户远一点儿。"

"不。"乔治哽咽着，"我想听听。"

但他们的声音消失了。当乔治再次睁开眼睛时，迷雾又回来了。这次更浓，也更灰暗了。他从窗边转过身，发现灰人已经不见了。

他的爸爸开始踱步："别担心，儿子。我现在就把咱们从这里弄出去。"他说着就从口袋里掏出了雪花水晶球，像灯塔一样将它举了起来："马力是不会笑到最后的。"

乔治惊愕地盯着雪花水晶球，里面的雪人已经消失了。它现在只是一个空的水晶球，就像他们现在所在的房子一样。他靠在窗台上："爸爸，我想没有任何人在笑。"

他的爸爸摇晃着雪花水晶球："它为什么没有反应呢？"

他摇得更用力了，脸变得越来越红："上一次我使劲摇它，它就明白了。"

"上次我们差点儿在雪崩里死掉。"乔治一边站起来一边说，"不要那样做。"

"我必须这么做，这对我们不公平。这对你不公平。"乔治的爸爸的手摇得太快了，都变得模糊了。房间开始颤抖起来，一枚灯泡从天花板掉落下来，在

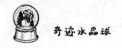

他们脚边摔碎了。

"爸爸！快停下！"乔治跳着去抢雪花水晶球，但他爸爸向后跳开了。

"这太危险了，乔治。让我来。"书架倒了下来，扬起满天的灰尘。壁炉上的砖块纷纷掉落下来。窗帘杆倒了，将窗帘也拽了下来。

"你看，这下你要往哪儿走？"乔治大喊着。

"我知道我们要去哪儿。回家！"爸爸的眼睛闪着光，头发向四面八方竖了起来。他一圈又一圈地抡着胳膊，脚下的地板剧烈地颤动着。"你看到了吗，马力？"他喊道，"你残酷的小实验正在被我打破，我在对你的游戏说不。我在保护我的儿子！"

"爸爸！"

突然传来一声爆裂声和一声微弱的呼呼声。爸爸的脚踩在了一本书的书脊上，他惊愕地瞪大了双眼。他脚上的拖鞋像脚蹼一样飞了起来，后脚掌踩到了地板上，书从他的脚下滑了出去，他的身体向后摔倒。

雪花水晶球从他的手中飞了出去，飞向空中。

乔治猛地冲过去，但已经太迟了。

他的爸爸"扑通"一声倒在了地板上。

雪花水晶球撞到了墙上，碎成了无数个碎片。

22

破碎的水晶球

　　乔治跪在水晶球的碎片之中，满地都是碎玻璃，一种糖浆状的液体涌了出来，流进了地板的缝隙中。

　　"你把它弄坏了，爸爸。"

　　"不，不，不，不。"乔治的爸爸一边说着，一边爬向他，膝盖在地板上发出咯吱咯吱的声响。当他看到这一片狼藉的时候，脸都皱了起来，"我不是故意的。

我发誓，乔治。我只是想让它带我们回家。我只是想让它停下来。"

乔治将马力的雪花水晶球碎片一片一片地拾起。他甚至连最小的碎片都收集了起来。玻璃太碎了，他几乎很难找到。爸爸递给他一块手帕，乔治小心翼翼地将那些奇迹的碎片包好，然后悄悄塞进了自己的睡衣口袋里。水晶球也许是坏了，但乔治希望魔法没有完全消失。

乔治把手从口袋里拿出来，他的皮肤像冬日的天空一样苍白冰冷。他快速地瞥了一眼书架旁边的镜子，发现自己面颊的颜色正在渐渐褪去。他看了看爸爸，发现他也在变得灰白——从眼圈到睡袍上的腰带无一幸免。

乔治的爸爸也用同样惊恐的表情回望着他。他把手放在嘴边，惊讶地对乔治说："乔治，你变成灰色的了。"

也许是因为口袋里被摔碎了的奇迹水晶球，又或

者是恐怖地意识到灰色的世界已经将他们吞噬，在这一刻，乔治·毕晓普决定不要继续忍耐了。

一股像火山喷发般强烈的愤怒攫着他。他爆发了。

"我告诉过你要小心的！"他大吼着，"但你却不听。你从来都不听我说话。"

"我只是想要帮忙。"他的爸爸无力地抗议着。

"不，是我想帮忙，"乔治一边说着，一边挥着手，"这就是我一直在做的事情，爸爸。但根本就没用。因为如果他们拒绝快乐，你根本无法强迫他们，而且无论你多么努力，你也无法阻止一个吝啬鬼继续成为吝啬鬼。"乔治深吸了一口气，"你觉得那个灰人是个幽灵，那么你自己也是个幽灵。你已经做了三年幽灵了。你长着一张我爸爸的脸，但你的行为却一点儿也不像他。你不再笑，也不再谈论妈妈。"

乔治的爸爸用双手捂住脸。"为什么要在这儿说这个呢，乔治？"他悲伤地说，"她都已经不在了。"

"但我在，爸爸。"乔治把手按在胸前，不让自

己的心脏爆裂，"我还在。我想聊聊她。"他的声音哽咽。当他再次开口时，他的声音已经有些含糊不清了。"我想记住她。"

"我能给你的都给你了，"乔治的爸爸说，"住的，吃的，穿的，不让你冻着，所有你需要的东西。你还想要什么呢？"

"我想要你活着！"乔治恳求着。

他的爸爸眨了眨眼。

一行热泪顺着乔治的脸颊流了下来。"妈妈去世的时候，我没有想到你也会死去。但我就是这种感觉。这个灰色的世界可能吓到你了，但它吓不到我。我已经习惯了。我的生活从很久以前就失去色彩了。我只想把它找回来。"他耸了耸肩，"但我现在放弃了，爸爸。"

乔治的爸爸发出了一声窒息的哽咽，仿佛所有的声音都卡在了他的喉咙里。他显得很害怕。

乔治不敢看他。自己忍受痛苦是一回事，但看到自己的痛苦反射在爸爸的身上，那就太难以承受了。

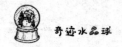

他一下子站了起来，急忙跑进了走廊里。

　　"乔治！"爸爸在他身后喊着，"等等！拜托你等等！"

　　乔治早已厌烦了等待。他没来得及多想，就打开前门，冲进了迷雾之中。

23

吞噬之雾

迷雾宛如张开双臂一般环绕在乔治周围。

"马力？"他喊道。

"马力？马力？马力？"他的声音在迷雾中回响着。

"我知道你就在这儿的某个地方！"

"某个地方！某个地方！某个地方！"

乔治走到街对面，却发现公园不见了。现在只有

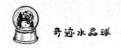

一条柏油马路。迷雾像蒸汽一样从地面升起，沿着他卷起睡裤的腿盘旋而上，一股寒意钻进了他的骨头。他转过身来，想要在迷雾中找到一个突破口。

"喂？"

"喂？喂？喂？"

乔治将恐慌狠狠咽下。马力无处可寻，也许他们的奇迹真的就终结于此了，而他会永远困在这里，感觉确实是这样的。他沿着来时的路往回走，但当他走回到埃比尼泽大街另一侧的时候，那些房子也不见了。除了滚滚乌云和他自己心跳的声音在耳边回响，什么都没有了。

"你好！"他喊道，"有人吗？"

"有人吗？有人吗？有人吗？"

乔治听到爸爸的声音从很远、很远的地方传来。

"乔治？你能听见我说话吗？"

"乔治！你在哪儿？"

乔治顺着爸爸的声音又转过了身。他能听到那声

音之中的恐惧，同样令人恐惧的是世界正在毁灭，他们正在与之一同消失。"爸爸！你在哪儿？"

"跟着我的声音，乔治！"

"跟着我的声音！"

"跟着我的声音！"

"跟着我的声音！"

突然，到处都是爸爸的声音。那声音从天而降，乘风而下。乔治朝着第一个回声吼叫，却发现下一个回声比之前的更远了。

"乔治！"

"乔治！"

"乔治！"

"乔治！"

乔治发现自己在一所没有装饰的房子的映衬下显得十分矮小。房子一层又一层地盘旋而上，直入云霄。他转过身，却只看到另一个他在向自己逼近。街道正在缩小，房子慢慢靠近，将他包围了起来。窗户变得

狭窄又弯曲，里面的影子闪烁不定。"爸爸，这些建筑物正在移动！"

"离它们远一点儿！"乔治的爸爸喊道，他的声音从街道的排水沟里飘出来。"我在公园里，乔治！你能看到吗？"

"待在那里！我来了！"乔治快步走在狭窄的街道上，人行道夹住了他的脚踝。他的拖鞋尖卡在路缘石上，他重重地跌倒在地。他再也听不到爸爸的声音了。迷雾已经将他吞没。现在乔治孤身一人，气喘吁吁，也没了勇气。他哭了起来，眼泪顺着脸颊滴下，将灰白的皮肤变成了银色。"求求你们了，谁来帮帮我？"他嘶哑地喊着。

当他站起来时，所有的房子都像层层叠起来的积木一样倒塌了。风景从他身边滚滚而去，变成了一片一望无际的灰色平原，仿佛整个世界像一块桌布一样从他身边被抽了出去。现在，他是唯一的幸存者。

乔治彻底成了孤家寡人。

24

家的声音

　　乔治用衣袖擦了擦脸，泪水依旧流个不停。过了一会儿，他干脆放弃了，继续在迷雾中前行。

　　"拜托，"他小声说，寂静之中他的声音显得震耳欲聋，"我只想和我爸爸在一起。"

　　雾太浓了，他甚至都很难看到自己的手。

　　一股微弱的热气刺痛了他的屁股。破碎的雪花水

243

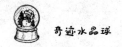

晶球在轻轻地发着光。

　　为了不被锋利的玻璃碎片划伤，他将手小心翼翼地放在了睡衣口袋的外面。

　　他又往前走了几步，水晶球变得更温暖了，是希望。

　　"拜托，"乔治说，"帮我找到回家的路吧。"

　　再走几步，水晶球更热了。

　　乔治让破碎的雪花水晶球引领着他穿过迷雾。当玻璃碎片变冷时，他停住脚步。他试着转向左边，便有了一股暖流。

　　再向前几步，温暖依旧。这次他又向前走了十步，雪花水晶球才失去热量。于是他又一次左转，又迎来了一股暖流。

　　"乔治？"是他的爸爸在叫他，就在他身后迷雾之外的某个地方。他听起来像是要吐了，"你在那儿吗，乔治？"

　　水晶球突然燃烧了起来。

　　这传达的信息很明显：继续前进。

　　于是乔治便照做了。

　　"乔治，你能听见我说话吗？"

　　又一股暖流袭来，这一次比以往的温度都要高。

　　这是雪花水晶球在对爸爸的声音做出的反应。心头的希望促使乔治加快了脚步，他喘着粗气快速前行。家并非一个地方，那是一个人。水晶球正带领着他去找他的爸爸。

　　"我来了，爸爸！"又走了十二步，水晶球冷却了。乔治又一次转身，朝着爸爸回音的方向走去。水晶球又变热了。这次又走了八步，又迎来一股暖流，乔治在广场上不断前行，直到迷雾之中出现了一个缺口，埃比尼泽公园出现了。

　　乔治用手指沿着栏杆滑动，以免它们消失不见。当他走到大门口的时候，铁门自己吱吱地开了。乔治的爸爸弯腰坐在公园的长椅上。他双臂抱着肚子，像是胃疼得厉害，右脚飞快地敲击着地面。

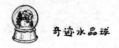

"爸爸？"

听见声音，乔治的爸爸猛地抬起了头。他的眼睛浮肿，头发凌乱。他一跃而起，将乔治搂在怀里。

"哦，谢天谢地！"他从头到脚都在不停地颤抖着，心跳的剧烈震动传到了乔治的脸颊上。"我以为我失去你了！"

"我也是，"乔治抽泣着说，"我以为我将永远一个人。"

"我永远不会让这种事发生，乔治。"爸爸说道，他温暖的呼吸撩动着乔治的头发。"永远不会。"

"我不应该去找马力的。"

"我不该让你去的，"爸爸将搂在怀里的乔治松开，双手紧紧握着他的肩膀，就好像怕他再次消失一样。"我应该听你的话。"他闭上双眼，想要将泪水收回。"对不起，乔治。我对所发生的奇迹感到抱歉。三次奇迹！很抱歉我打碎了你的雪花水晶球。"他妥协了。

"我要你活得多姿多彩。我要和你一起活得多姿多彩。

这也正是你妈妈所希望的。"

乔治和爸爸穿着睡衣相拥在一起。过了一会儿，乔治发现迷雾开始消散。

乔治和爸爸往家走去。虽然迷雾终于散去，但雾气之下似乎并没有什么生命的迹象。

没有孩子在外面玩耍，没有人透过窗户向外看，远处教堂的钟声也没有响起。天空中没有一丝蓝色。房子回到了原来的位置，但它们看起来似乎不太一样了。

当乔治和爸爸回到埃比尼泽大街 7 号的时候，前门正随着铰链摆动着。客厅里，沃尔特·毕晓普的肖像仍皱着眉头，和他周围的世界一样毫无色彩。

"我们被困住了。"乔治的爸爸一屁股坐在扶手椅上，双手捂住了脸，"被困在这个可怕的地方了。"

"可是奇迹起作用了。"乔治说道，这话与其说是对他父亲说的，不如说是对墙壁说的，"你看，你学会了，你哭了。"

父亲透过指缝看着乔治。"我明白得太晚了，"他用悲伤的声音说道，"对不起，乔治。"

乔治坐在扶手上，拉过爸爸的手。"我们没有放弃，"他说着把父亲的手握得更紧了，"我们之前偏离得太远了。但现在还是圣诞节，这就意味着我们还有希望。这里还有魔法。"

乔治的爸爸沮丧地摇了摇头。

现在就看乔治的了。他一跃而起。"马力！"乔治一边在客厅里踱来踱去，一边大声喊着。"出来，马力！我知道你在这里！"

铃铛声从门口传来，微弱得像蜜蜂的喷嚏声。乔治匆匆走出客厅，发现可可正坐在走廊中间，盯着他看。"你从哪里跑出来的？"

可可穿着一件小小的圣诞毛衣。红色的毛衣中间还挂着两个金色的小铃铛，还有一个更小的铃铛戴在它的脖子上。

"你从哪儿弄的毛衣？"乔治不解地问道。

可可转过身，小跑着穿过走廊。铃铛在它身上叮当作响，示意乔治跟着它。可可来到他的卧室门口，用小爪子拍了拍房门。"吱"的一声，门开了！一阵松树的香气迎面飘来。

乔治跟着它走了进去。

25

奇妙的卧室商店

　　"把门关上，好吗？"一个熟悉的声音传来，"你这样会让颜色都消失的。"

　　乔治关上门，背靠在门板上。他的卧室已经彻底被改造了。天花板上挂着五彩缤纷的彩灯和无数的金属丝线。地板上铺满了新鲜的松针，空气中弥漫着冬青的香气。架子上挂着本不应该出现在那里的花环，

玻璃做的小鸟在远处的栖木上鸣叫。在乔治身边，一群身穿燕尾服的姜饼人站了起来，好像要把他领进去。

"年龄？"另一端，在原来乔治的床所在的位置，马力正坐在他的办公桌前。他的报纸摊在面前，眼镜架在鼻尖上。他正在啃一根拐杖糖。

"是我，乔治·毕晓普。"乔治迟疑地说，"你怎么会在我家？"

"年龄？"马力又问了一次。

"十岁零四个月？"乔治说，"我们以前见过。"

马力眯起眼睛看了看说："我不认识你。你之前有胡子吗？"

乔治察觉到一场博弈正在进行中，他眯起眼睛问道："我的床去哪儿了？"

"我们不卖床，"马力说，"不过，也许你能找到一些你感兴趣的东西。"

"不。我的意思是，你的店为什么会在我的卧室里？"乔治解释着。

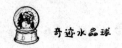

马力冲他晃了晃手里的糖："乔治，我觉得这个问题应该这么问会更合适一些，你的卧室为什么会在我的店里？"

乔治张开嘴，又闭上了。他趿拉着拖鞋转了个身，看见曾经熟悉的书架被贴上了"如果？"和"为什么不呢？"的标签，里面塞满了无生命的木质小精灵。他们看起来都很像特丽克西，但乔治知道——虽然说不上是怎么知道的——他们都不是特丽克西。

当他抬起头，视线经过一个装满新奇圣诞帽的隔间时，他发现他的校服袖子从衣柜顶部露了出来。他卧室的窗户依然在原来的位置，尽管马力在窗户上挂了一张他自己的巨幅照片，上面还写着"世纪雇员"。

可可穿着圣诞套头衫从他身边小跑过去，衣领上的铃铛叮当作响。"如果这里不是我的卧室，那我的猫为什么会在这里？"

马力从眼镜的上方看了看可可："那是我的猫。"

"你就没有猫。"乔治提醒他。

马力啃着他的拐杖糖："好吧，那它为什么穿着我的圣诞套头衫呢？"

"我不知道。你给它穿的吗？"

"有可能吧，"马力承认道，"没什么比一只不喜庆的小动物更可怜的了。"

嘭嘭嘭！

"乔治！"乔治卧室的门突然被打开了，雨果·毕晓普像幽灵一样出现在门口。"到底发生了什么？"

"年龄？"马力说。

乔治的爸爸想要到房间里来，但他似乎没办法跨过门槛。他的手掌压在一面无形的墙上。"这是什么？"他问道，"让我进去！"

马力扶了扶鼻子上的眼镜，仔细地看了看他。"年龄？"他又问了一遍。

"爸爸，"乔治小声说，"那是马力。你必须告诉他你的年龄。"

乔治的爸爸狠狠地瞪了马力一眼。"哦，是你呀，"

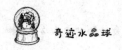

他责备道，"你知道因为你的胡作非为，有多少次差点儿把我们害死吗？"

"我不会再问你了。"马力一边说，一边晃了晃他的拐杖糖。

"四十二岁！"乔治的爸爸厉声说，他仍在用力地推着那堵看不见的墙。"现在，让我进去！"

"四十二？"马力惊呆了，"太可怜了。绝对不行。"

乔治的爸爸还没来得及回答，马力就挥了挥手腕，卧室的门就在他面前"砰"的一声关上了。"好了，那么，"他说着，放下了手中的糖，全神贯注地听乔治讲话，"今天是什么风把你给吹来了呢？"

乔治意识到爸爸正在房门外面喊叫着，他的拳头还在木门上捶打着，但这一切都是徒劳。不知怎的，爸爸的声音越来越弱了，好像是马力把音量调小了。

"我和爸爸被困在了一个破碎的奇迹中。"乔治说。

"哦，天哪。"马力一只手托着脸颊说。

乔治并未被他的惊讶说服。他继续解释道："雪

花水晶球已经坏了，再也不能起作用了。我需要什么
东西来帮助我们回家，回到我们真正的房子里。在我
们的现实世界里。"

　　"你当然得这么做。"马力表示赞同。乔治松了
一口气，至少他现在得到了严肃的对待。"而且我还得
补充一句，越快越好。奇迹迟滞可不是闹着玩的。时差
会给你带来可怕的冲击。你把雪花水晶球带来了吗？"

　　乔治把手伸进口袋，小心地取出手帕。他把包着
的碎片轻轻地放在马力的桌子上。

　　马力盯着这些碎片看了很久，他的眉头越来越紧。
"哦，不，"他摇着头，嘀嘀地说，"不，不，不，不。
这根本就不能用了。"

　　"怎么了？"乔治焦急地问。

　　马力把手伸到桌子下面，取出一块微型的木质牌
子。他"砰"的一声把它放在桌子上，玻璃碎片都被
震得飞了起来。

　　上面写着：

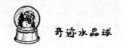

古董损坏，恕不退款

乔治咽了口口水："但那是一场意外。"

马力把牌子转到背面。

背面写着：

意外不是理由

乔治盯着那些奇迹碎片，他的心脏在胸腔里剧烈地跳动着："可我现在该怎么办呢？"

马力耸了耸肩："我是店主，不是修复师。买点儿别的吧。"

乔治低头看了看自己皱巴巴、脏兮兮的睡衣。"可我没带钱。我能——我能跟我爸爸借一些吗？"

马力什么也没说，只是摇了摇头。

乔治从桌子旁边向后退了退："好吧，那现在呢？"他环视了一下店里，圣诞节的气息弥漫在整个房间里。

远处的架子上，珠光宝气的头饰在朝他眨着眼睛。房间的角落里，一座乳脂软糖塔像比萨斜塔一样摇摇欲坠。在它旁边，一排摇摆木马用蓝宝石般的眼睛望着乔治。

"我不能永远住在这里。"乔治喊道。

"嗯，你当然不能。"马力对这种荒谬的想法嗤之以鼻，"一方面，我们晚上六点四十三分就关门了，每天都很准时；另一方面，上一个藏在这里的孩子把我十二年的金币巧克力都给吃了。"想到这里，他摇了摇头，"因为接收了另一个流浪汉，我不得不让特丽克西留校察看了。"

"所以我和爸爸只能永远生活在这个灰色的世界里了吗？"

马力打开报纸。"恐怕这就是后果的本质，乔治。"他一边说一边把手里的报纸揉成了一团，"规矩不是我定的，我只是把它们贴在了布告牌上。"

乔治想忍住眼泪，但泪水还是顺着脸颊流了下来。他本想用雪花水晶球来拯救爸爸，却把他们两个人都

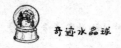

毁了。他从马力商店走出去的那一刻起，他们就永远被困在了这里。

这个没有色彩的地方。

一个没有他妈妈痕迹的世界。

可可从一个架子下面跑出来，可怜地喵喵叫着。乔治跪了下来。"对不起，可可，"他一边抽泣着，一边抓了抓可可的耳后，"我只是想让事情变得更好。"

嘭！嘭！嘭！

乔治和可可猛地抬起头，正好看到门"嘎吱"一声开了。一个新的身影出现在门口，这个人更胖一些，也更矮一些。乔治的爸爸踮着脚尖站在她身后，使劲向里面看着。

乔治站了起来问："奶奶？是你吗？"

弗洛奶奶穿着睡袍，戴着卷发棒站在马力商店的门口。她身上的颜色也被洗去了，但不知怎的，这并未将她削弱。她双手叉腰，期待地抬起下巴，朝里面看着。

"年龄？"马力不耐烦地说。他又用报纸把自己挡住了，翻看着上面1843年的新闻。

弗洛奶奶冲乔治眨了眨眼："我有一颗年轻的心。"

马力放下报纸，嘴角扬起了一丝微笑："你好，弗洛。"

弗洛奶奶笑了笑："你好，马力。"

她畅通无阻地走进店里，之前那堵看不见的墙消失了，没有任何东西挡住她的脚步。门在她身后轻轻地关上，又一次把乔治的爸爸关在了外面。

乔治的下巴都要惊掉了。

"好久不见了。"马力说，他的冰蓝色眼睛闪着光。

弗洛奶奶笑了起来："久到我都不想承认了。"

乔治看了看他们两个，想要将这一切弄明白。"等一下，"他一边说着一边大步穿过商店，"你们两个认识？"

"我们是老朋友了。"他们俩异口同声地说道。

乔治吓了一跳："嗯，真是……令人惊讶。"

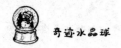

　　弗洛奶奶皱起了纤细的眉头："是吗？"

　　事实上，乔治想得越多，他就越怀疑这到底是不是一个惊喜。在他的记忆里，弗洛奶奶仿佛一直披着一件神秘的外衣，她绿色的眼睛里总是闪烁着某种令人愉快的神秘光芒。她算得上是最接近魔法的人类了。"事实上，也不是。"他的态度软了下来，"仔细想想，也说得通。"

　　"很多年前，我和马力在都柏林遇到过，"弗洛奶奶解释着，"我记得是在剑桥大学的酒吧里，对吗？"

　　"那时我的商店还只是个小摊位。"马力若有所思地说，"我是一个年轻的发明家，有着远大的梦想，穿着一套俗气的衣服，还带着一大罐魔法。"

　　"我真的很喜欢你的衣服，"弗洛奶奶回忆着说，"很少有人能驾驭荧光绿色。"

　　"嗯，确实是。"这间曾是他的卧室，现在是奇迹商店的房间。虽然里面光线昏暗，但乔治还是看到马力的脸红了。

　　"好了，"弗洛奶奶指着马力桌上的碎玻璃说，"那么，我们开始谈正事吧。"

　　"奇迹被破坏了。"马力低声解释着，"一场可怕的经历。但从各方面来说它都进行得很顺利。"

　　"雨果已经告诉我了。"弗洛奶奶说，"我想这里还是不能交换破碎的东西是吗？"

　　马力摇了摇头说："规矩不是我定的……"

　　"你只是把它们贴在布告牌上，"弗洛奶奶接着把他的话讲完，"我想是没办法了。"

　　"我们被困在这里了，奶奶。"乔治面无表情地说。

　　弗洛奶奶搂着乔治的肩膀，把他拉到身边："我们只要能找到回家的办法就好，亲爱的。"

　　乔治拍了拍口袋："我们不能。我们都没带钱。"

　　"好了，你有我呀，"弗洛奶奶愉快地说，"而且我还有比钱更好的东西。"

　　她抬起手，从两个卷发棒中间抽出了她的冬青发卡。那一瞬间，乔治看到了鲜艳的色彩。发卡在她苍

白的手上闪闪发光，红色的浆果像珍贵的宝石一般散发着耀眼的光芒。

弗洛奶奶把发卡放在柜台上："交换一下怎么样，马力？我知道这是个老物件了，但你也看见了，它很新的。"

马力从柜台上拿起发卡，眼镜后面的眼睛瞪得老大。"一个幸运发卡，"他屏息说道，"为什么？这可是和紫色驯鹿一样稀有的。你确定要用这个交换吗，弗洛？"

"当然确定。"弗洛奶奶朝乔治笑了笑，"我已经拥有这个世界上所有的财富。"

马力像对待一只脆弱的小鸟一样摆弄着"幸运发卡"。他把它捧在手心里，用一块银布裹着，然后又裹上一块，最后放进一个拉绳袋里。他把小袋放进一个大木箱里，然后把木箱放到柜台下面的一个大保险箱里。他将它收好后，又将注意力转移到乔治身上。

"鉴于你提供的东西是顶级的、古老的，且完好

无损的——"他停顿了一下，感激地对着弗洛奶奶点了点头，"你可以在店里任意挑选一件物品。"

"真的吗？"乔治问。

马力点了点头说："选择要明智噢。"

"来吧，乔治，"弗洛奶奶鼓励他，"如果有谁能把我们从这个奇怪的古老的地方带出去的话，那就是你。"

"好的。"乔治紧了紧睡袍上的腰带，攥紧了拳头，"我会尽力的。"

26

世界上最重要的决定

　　乔治开始在"最后一刻的奇迹"的架子前，仔细地研究着每一个雪花水晶球。

　　这里有许多城市都被笼罩在水晶球中。

　　其中一个水晶球里，巴黎圣母院宛如一座闪闪发光的宝座，一个穿着红色雨衣的男孩儿坐在台阶上耐心地等待着。

另一个水晶球里，悉尼歌剧院被清澈湛蓝的海水和小型快艇包围着。一只小艇开得飞快，看起来就像在飞一样。

"那是一枚太阳球，"马力插话，"南半球的圣诞节要比这里暖和得多。"

"好酷呀。"乔治把太阳球放回到架子上。

在另一个水晶球中，斗兽场坐落在寒冷的罗马，像圣诞蛋糕一样洁白又坚固。

在它旁边，帝国大厦作为纽约的标志性建筑被呈现在雪球中，那里是一个银白色的世界。一个女孩儿和她的祖父在顶层跳舞。

乔治用手指扫过架子，经过铺满鹅卵石的街道和沉睡的村庄，游荡着的小雕像都在不知不觉间成为奇迹的一部分。

其中一个雪花水晶球里是一间孩子的卧室，墙上挂满了小马的画像，一个黑头发的小女孩儿正窝在床上。在紧挨着它的那个水晶球里，大本钟敲响了。

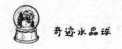

隔着玻璃，乔治能隐约听到钟声。

他往后站了站。这里没有任何东西能让他想起他的家人。这些都是别人的奇迹，对他来说没有意义。

他继续往前走，来到了一个贴着"安全袜"标签的架子旁。每一个袜子上面都贴着一个大大的橙色标签，上面写着：由于孩子们越来越狡猾而被召回。

在贴着"如果？"标签的架子旁，乔治认出了那罐"忧郁薄荷糖"（吃了它能哭上一年），然后他停在了一瓶"快乐果酱"前面。他看了看弗洛奶奶，她正靠着柜台，对他露出鼓励的微笑。他突然明白，如果笑就能离开的话，那奶奶肯定能把他们都带回家了。

乔治把头向后一仰，看见天花板上挂着一堆银质的管子，好像风铃一样。"宽恕的笛子"，他大声念着，"将你的怨恨发泄出去。"

"那是新一季的商品，"马力在商店的另一头喊道，"你要是在敌人面前玩这个的话，我敢打赌他们一定不会邀请你去喝茶的。"

　　乔治简短地思考了一下。事实上，爸爸不需要他的原谅，笛子对他们没有用。他走开了，路过一排老式电话机，上面还有圆形的转盘和螺旋状的电线。牌子上写着"电话。一个电话就能找到一个孤独的爱人"。

　　"亲爱的，你在选择上有什么困难吗？"弗洛奶奶问。

　　乔治转身走开了，他那些闪闪发光的好奇心在此刻根本不应出现。"有很多可选择的，可是没有一种感觉是正确的。"

　　"好吧，请你走快一点儿，"马力一边说一边用拐杖糖敲了敲柜台，"马上就到晚上六点四十三了，你知道的，我们快要关门了。"

　　乔治皱起了眉头："一分钟前还是早晨呢。"

　　"这家店有自己的节奏。"马力指着墙上的布谷鸟时钟说。上面显示着刚过了六点半。

　　"亲爱的，"弗洛奶奶说，"时间不多了，是吗？"

　　"那是因为他加快了速度。"乔治指责道。

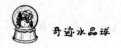

　　马力温和地笑着说道："我明白你为什么要纠结这些，乔治。毕竟，这是世界上最重要的决定。"

　　乔治匆匆往前走着，飞快地浏览着每样东西。当他走到一个熟悉的摆满玻璃小鸟的架子前时，他停了下来。那里有知更鸟、云雀和夜莺，都准备好了唱歌。他用手指在每一只小鸟身上都摸了摸，想要寻找一丝暖意。也许是他的幻觉，但现在布谷鸟时钟的嘀嗒声更响了。他知道时间在一分一秒地从他的指尖溜走，更清楚地知道爸爸正在走廊焦急地等着，在恐慌和绝望中挣扎着。

　　乔治拿起那只玻璃夜莺，但握在手上的感觉不对。他迅速将它放回到架子上，然后瞥了一眼时钟，只剩下不到五分钟了。他匆匆走到卧室门边，把耳朵紧贴在门板上问："爸爸？你还在吗？"

　　另一侧传来微弱的脚步声。门把手发出嘎嘎的声响，但并没有转动。"我在，乔治。你在里面还好吗？"

　　"我很好。奶奶也在这里。爸爸，我可以从商

店里挑选任何一件我想要的东西，让它带我们离开这里，但我不知道该选什么。"乔治快速说道。他的心跳声在耳边轰鸣，他神经紧张，喉咙发干。"时间不多了，我担心自己会选错，我们将被永远困在这里。"

爸爸把额头紧贴在门板上。"仔细听我说，乔治，"他的声音穿透木头，"你是我认识的最聪明的人，你一直都是。你能在黑暗中看到光，能在迷雾中找到路，能在我这样老爱发牢骚的人身上发现色彩。如果有回家的路，那你一定会找到的。你的心就是指南针，乔治。你要做的就是跟着它走。"

乔治把手按在门上，一股信心的火在他心中燃烧："谢谢你，爸爸。"

"尽你最大的努力，"爸爸的声音越来越远，"那就是你所能做的。"

乔治站起身，站到商店中间。他闭上了眼睛，尽管现在他身边都是钟表的嘀嗒声，但他还是做着深呼吸，让自己平静下来。他将焦虑抛到一边，驱除恐惧

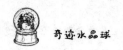

和绝望的刺痛，倾听自己内心的声音。这是妈妈曾居住过的地方。

"帮帮我，妈妈。把我们带回家。"

乔治睁开眼睛时，正对着商店里最大的隔间。那里面都是圣诞帽，帽子各式各样——高高的条纹圣诞帽挂在小礼帽旁边，有明亮的红色底配着云朵胡须的圣诞老人风格的帽子，还有盘旋而上直指天花板的小精灵帽。乔治正要往前走，突然有什么东西阻止了他的脚步。

空气中有一丝微弱的光，他的胸膛轻轻起伏着。他靠近了一点儿，更仔细地看着。

隔间的中间，孤零零地放着一顶深绿色的帽子。它不像其他帽子那样是全新的，闪闪发着光的。实际上，它还有点儿皱巴巴的，看起来有些可怜。帽子的边缘到顶部都有些磨损。

但乔治知道，对他而言，它是整个商店里最值钱的东西。一百个"幸运发卡"也不如它贵重，三个雪

花水晶球也没有它值钱。

他冲向它，好像它会飞走似的。其他帽子纷纷给他让路，他踉跄着冲过去，将帽子紧紧捂在胸前。

当他转过身时，弗洛奶奶和马力正盯着他。

"一顶帽子。"马力好奇地说。

"这可不是一般的帽子，"乔治说，"这是我爸爸的帽子。"他压抑着剧烈起伏的情绪说，"以前的。"

这个词里面蕴含着一个有深意的世界。

"天哪，"弗洛奶奶说着凑过来看了看，"它怎么会在这里？"

"一定是从失物招领柜里跑出来的，"马力不确定地说，"有些小精灵确实是有个习惯，在我不注意的时候，随意摆放物品。"

乔治把帽子"砰"的一声放到柜台上："就这个，请吧。"

马力皱起了眉头。"你想让我做什么呢，给它打个蝴蝶结吗？我是售卖奇迹的，才不做这种无聊的事

情。"他挥手示意他走开，"拿走吧，它是你的了。"

"就这样？"乔治问。

马力耸了耸肩，但乔治捕捉到了他眼中的光芒。"就这样。"马力指了指可可，小家伙正在啃那座倾斜的软糖塔，"赶紧把猫也带走。"

弗洛奶奶把可可从地板上拽起来抱在怀里。这时，墙上的咕咕钟里弹出了一只怪异却很逼真的知更鸟。报时声变成了一首完美的圣诞颂歌。

"下午六点四十三分，"马力拿起报纸，"关门时间到了。"

突然，商店开始消失。灯光忽明忽暗，忽隐忽现，最后消失不见。雪花水晶球闪烁着光芒，乐器在空气中闪闪发光。帽子从架子上掉了下来，但在落地之前就消失不见了。

乔治的书桌出现在刚刚软糖塔所在的地方。马力的海报被风吹走了，窗户嘎吱作响。

松针被吹到一边，露出下面的地毯，冬青的味道

被一阵狂风吹散了。当架子消失在墙里的时候，小精灵们开始四散逃跑。

与此同时，知更鸟一直在唱着歌。马力一边读着报纸，一边哼唱着。

当柜台被折叠起来消失不见时，马力也跟着不见了。报纸在空中飘浮了一会儿，突然来了一阵狂风，径直把它从敞开的窗子中带了出去。

窗帘被拉上了，当乔治和奶奶站在那里，看着这一切的时候，他的床也突然之间跳了出来。

床被精心整理过，床单塞在两侧，枕头也被拍得蓬松舒服。知更鸟是最后一个消失的，当它消失的时候，圣诞颂歌的最后一个音符也随之消散。

"好吧，"弗洛奶奶一边说着，一边把可可放到了地上，"不管你怎么说马力，但他肯定是知道怎么离开的。"

"你觉得他去哪里了呢？"乔治望着窗外问道。

"我猜，无论是哪里，只要需要他，他就会去。"

273

弗洛奶奶从地上捡起一根吃了一半的拐杖糖，"毕竟，魔法的车轮是一直在转动的。"

"那么，好吧。"乔治把帽子抱在胸前，径直朝卧室门口走去，"让我们离开这个灰色的世界，和火鸡一起生活吧！"

弗洛奶奶跟在他的身后，笑得合不拢嘴："正合我意。"

27

圣诞节回归

乔治的爸爸正坐在灰色的走廊等着他们。"乔治！"他一边喊一边从地上爬起来，"你出来了！"他伸出双臂抱住了儿子，前后摇晃着。因为太过用力，乔治差点儿被举起来。"听着，我刚才一直在想这个灰色世界的事情，"他把乔治放了下来，"如果我们被困在这里，那就这样吧。至少我们还拥有彼此，不是吗？我相信我

们能找到一个忍受它的方式。也许我们可以让它变得有趣！我们每天早晨都唱歌怎么样？你也可以画一些画，把它们挂在墙上。到晚上，我们可以讲关于妈妈的故事，关于过去那些日子的事情。我们也可以举办节日活动，就从圣诞节开始。我们的圣诞节可能没什么色彩，但如果我们有欢呼呢，乔治？欢笑声，还有爱，我相信我们能做到的。毕竟，真正重要的是——"

当他看到那顶被乔治紧紧抱在胸前的帽子时，他像被按了静音键。

"这是……"

乔治举起帽子。

那完美又明亮的绿色。

"我的帽子。"爸爸平静地说。

乔治把帽子递给他。"我也不知道自己为什么要拿它。"乔治承认他的信心开始动摇了。突然间，他觉得从闪闪发光的魔法宝库里带走一顶破旧的帽子似乎很愚蠢，但他们就在这里，三个精疲力竭的冒险家，

挤在灰色的走廊里，围绕着世界上最后的一点儿色彩。"我想妈妈也会这么做的。"

爸爸接过帽子，他的眼睛湿润了，他摩挲着磨损的帽檐："这是你妈妈送给我的第一份圣诞礼物。"

"是的，"乔治想起妈妈的话，"有时候，一点点色彩就能改变整个世界。"

乔治的爸爸笑着把帽子戴在头上。乔治惊讶地发现他的脸恢复了色彩——先是蓝色的眼睛，然后是脸颊上淡淡的红晕。色彩顺着他的脖子流了下来，睡衣、睡袍和拖鞋都重新拥有了颜色。在他旁边，弗洛奶奶的睡袍也变回了玫瑰花瓣的颜色，她那绿色的眼睛在镜片后闪闪发亮。

乔治的爸爸笑了起来。"多么美妙的景象啊！"看着色彩像常春藤一样爬满墙壁，从一个房间蔓延到另一个房间，爸爸开心地说，"你成功了，乔治！你把我们带回家了！"

他们匆匆走进客厅，发现它已经被完全修复了。

沃尔特·毕晓普的画像又一次微笑着俯视他们。

"孩子们回来了！"弗洛奶奶站在窗前，把鼻子贴在玻璃上，"快看！法拉有了一只新的小狗！"

"你知道的，我们还有一些装饰品放在阁楼上。"乔治的爸爸一边说一边朝着阁楼走去，"现在搭圣诞树还不算太晚吧？"

"永远都不晚。"乔治说着急忙跟在他后面。

"圣诞雪利酒越早喝越好，"弗洛奶奶在他们身后喊道，"我要把我的秘密珍藏拿出来！"

他们都动了起来，把房子装饰得五颜六色，充满圣诞气息。很快，阁楼上的那棵树就被红色和金色的饰品装点完毕，站在窗边放哨了。花环被重新放到了壁炉架上，金色的丝线像围巾一样缠绕在书架上。

当乔治把前门的花环挂好进屋时，他的爸爸正在翻着另一个盒子，里面都是他们家的照片，照片中乔治的妈妈像太阳一样微笑着。还有她的画也在里面，这些画比乔治记忆中的要漂亮得多。当他们完成圣诞

装饰后，他们也将妈妈的物品整理了一番，将关于她的回忆放置在房子的各处。

一切就绪后，乔治和他的家人精疲力竭地瘫倒在沙发上。三年过去了，圣诞节又回到了埃比尼泽大街 7 号的房子里。这所房子又恢复成了家的模样。

远处，教堂的钟声响起。

后记

当爱丽丝姨妈打开克拉特吉特·克雷特大街63号的大门时，她差点儿被吓晕过去。乔治也很惊讶，因为他看到门框奇迹般地被修好了，报春花也奇迹般地重新开放了。

"乔治。"爱丽丝姨妈哽咽着喊道。

她伸出双臂搂住他，将三年来的热情与思念都倾注在这个拥抱上。当她放开手时，她的眼眶湿润了。

"哦，雨果，"她转向乔治的爸爸，"我就知道你会回到我们身边的。"

乔治的爸爸满脸通红。他清了清嗓子笨拙地说道：

"是的，嗯，希望你和伊莱不要介意——"

他的话被爱丽丝姨妈的拥抱打断了。她搂得太紧了，以至于他发出了一种奇怪的打嗝声。接着又是一个拥抱，他的脸紧紧地贴在她的肩膀上，乔治只能看到他的头顶，还有爱丽丝姨妈颤抖的肩膀。

当爱丽丝姨妈拥抱过弗洛奶奶后，其他人都赶了过来。克莱门特和波贝沿着走廊狂奔而来，高兴得一路尖叫。她们重重地撞在乔治身上，三个人几乎一起从台阶上摔了下来。她们拉着他的衣袖，把他拖进了房子里，大声地说着话。乔治几乎连一句完整的话都没听到，只听到像是"紫色驯鹿""极小的"和"圣诞爆炸"之类的词。

"今天早晨这儿可真是一团糟，"穿过大厅时，爱丽丝姨妈对大家说道，"这棵树之前倒了一次。我们还在努力清理这些小玩意儿呢。"

"真的吗？"乔治的爸爸的嗓音比平时高了一个八度，"那可真遗憾。"

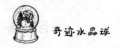
"别担心，亲爱的爱丽丝。圣诞节本就是个混乱的时候，不是吗？"弗洛奶奶平静地说，"尤其是还带着一个刚出生的宝宝。我们能再次聚到一起，真的是太好了。"

"在这么平常的一天。"乔治的爸爸尴尬地笑着补充道。

乔治用胳膊肘捅了捅他的肋骨："爸爸，你可太奇怪了。"

"别担心，雨果姨父。不管怎样，他们也不会相信你的。"克莱门特眨眨眼补充道。

"相信什么？"伊莱姨父问，他正站在厨房里来回摇着蒂姆。他已经换掉了医院的制服，穿着一件前面有雪人的羊毛衫。"你想看看你的新表弟吗，乔治？"

"是的，想！"乔治小心地把蒂姆抱在怀里。

这一次，爸爸就站在他的身后，一只手稳稳地搭在他的肩膀上。"他长得真漂亮，"雨果说，声音仿佛要被融化了，"他长着和你妈妈一样的眼睛。"

　　"你好，蒂姆。"乔治说。

　　蒂姆对乔治眨了眨他棕色的大眼睛，然后微微一笑。

　　"他喜欢你，乔治。"爱丽丝姨妈说，"他可不是对谁都笑的，他以前可挑剔了呢。"

　　"哈哈，真的吗？"乔治的爸爸说，"我想那是因为他还太小吧。"

　　"我真为他感到抱歉，"弗洛奶奶说，"雨果饿的时候就会有点儿怪怪的。"

　　"好了，那我们去吃饭吧！"爱丽丝姨妈边说边让大家都坐下，"你们来得正是时候！"

　　爱丽丝姨妈的圣诞晚餐是乔治记忆中最美味的。这一顿饭在一排排令人垂涎的美味佳肴中度过，最后以一个巨大的蛋糕结束。蛋糕是波贝不知道从哪里搞来的，让她的父母非常惊喜。蛋糕的味道很好，乔治最喜欢它，因为他知道这是从马力的奇迹商店里买来的。吃完晚餐，大家端着自己的茶杯坐到客厅。嘟嘟坐在

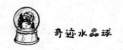

乔治的脚边，友善地咬着他的鞋子。

　　"谁知道呢，也许明年我们可以带着可可一起来，"弗洛奶奶说，"它们能学会好好相处吗？"

　　乔治的爸爸笑了起来，这笑声在乔治听来宛如天籁："我想这又会是一个奇迹，妈妈。"

　　暮色降临，一位老人拿着报纸在街上徘徊。他在63号外面停了一会儿，倾听着回荡在风中的笑声。他对自己笑了笑，从口袋中掏出一片"永恒雪花"抛向空中。当第一阵雪从克拉特吉特·克雷特大街的彩虹房子上空落下时，那位老人转过街角，消失在夜色里。伴随着一阵鹿蹄声，一阵微弱的咯咯笑声和一道紫色的光，三个圣诞奇迹的制造者消失在茫茫夜色之中。

关于作者

    凯瑟琳·道尔在爱尔兰西部长大。她拥有心理学学士和出版学硕士学位。她是青少年三部曲《以血换血》系列（《复仇》《地狱》和《黑手党》）的作者。她的中篇小说处女作《风暴守护者之岛》屡获殊荣，同时也是非常畅销的作品。该故事背景设定在神奇的阿兰摩尔岛，那里正是她祖父母成长的地方。续集《迷失的潮汐勇士》于2019年7月出版。凯瑟琳住在海边的戈尔韦，但部分时间也在英国和美国度过。

作者问答

1. 你觉得重新演绎这个经典的圣诞故事的过程是怎么样的?

我很兴奋地进行了这个全新演绎。我非常喜欢圣诞节。我是那种会在十一月就把圣诞树立起来,一直到一月下旬才会把它收起来的人。这是我一年中最喜欢的日子了。

我是《圣诞颂歌》的忠实粉丝,不管是查尔斯·狄更斯的原著,还是很多改编版本我都读过。包括但不限于比尔·默里那版的吝啬鬼,金·凯瑞的动画版,

以及我个人最喜爱的木偶剧版《圣诞颂歌》。这个版本是如此动人，以至于多年来我一直坚信在原著中有两个马力。

当我坐下来写我自己的演绎版本时，我意识到这样一个事实：我不只是穿上了一双很大的鞋子，而是好几双。我想让这个故事遵循原著，但也想让它拥有我自己的风格。

我首先仔细研究了狄更斯作品中的经典元素：对地方的敏感度、幽默感、同理心，或是牵着你的手把你拉进一段不可能出现的魔法旅程。然后我就想到了马力，因为他的出现开启了三段重要的旅程——过去的圣诞节之旅，现在的圣诞节之旅和未来的圣诞节之旅。马力的出现成为我这个版本的种子，我们的故事也是从这里开始的，在伦敦圣诞集市中一排圣诞小屋的最后一间，那家神秘的小店里。

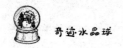

2.你觉得更新一个维多利亚时代的故事有哪些挑战？

　　《圣诞颂歌》最好的一点是它的主要元素是永恒的——前面提到的温暖、幽默和同理心，其实和维多利亚时代的伦敦并没有太大的关系，而是与人的精神息息相关。我想将这些关键元素都保留下来，但我还想把我的故事放在此时此地，在一个完全沉浸于圣诞魔法的现代伦敦。所以我选择通过一个叫乔治的普通十岁男孩儿的角度来讲述这个故事，他的世界发生了翻天覆地的变化。现在圣诞节又到了，乔治最想做的就是让世界恢复原状。幸运的是，他有一位顽皮的爱尔兰奶奶，想要帮助他完成这个心愿。

3.如果你可以设计一个属于自己的魔法雪花水晶球，它会是什么样子的，会带来什么奇迹呢？

　　有无数种方式可以回答这个问题，但此时此刻，我希望自己的魔法雪花水晶球里能有一个迷你版的月亮。将雪花替换成飘浮着的闪闪发光的银色小星星，让它看起来就像在宇宙中旋转一般。每当我感到悲伤、有压力或不知所措时，我都会摇晃水晶球，伴随着一闪而过的银光，它将把我一路带到月亮上去！